目　錄

01 就是不喜歡

1.1 分手

我叫敏如。

我本來討厭與「球」字相關的運動：足球、籃球、排球、羽毛球……別問我為什麼，如要問我，我只會答：就是不喜歡。

才升讀中學一年級，媽媽開始每周發我零用錢；第一周，我便把錢花光，拿着時裝雜誌乘火車到旺角，登上二樓，花掉所有錢，狠狠剪掉束了四年的長髮。別問我為什麼對自己這麼狠心，我只會答：就是不喜歡。

我現在看起來，倒像個穿裙子的男生。你看我的眉毛，別的女生都開始每天對鏡打理長在臉上的花園了，我卻只管起牀穿衣，牙未刷好、頭未梳好（也沒這必要吧）便衝出大門。坐在我旁的女生，雞着小聲，指着我的嘴角：「不好意思，你……」沒錯，我的嘴角每晚也是個戰場，戰士是口水，死光了就躺着不動，用乾涸的語言來悼念自己。

「你還不快抹掉它的話……」

「就是不喜歡。」

我沒跟人家提過我剪短髮的原因。中一初相識的女生，有點喜歡我的都不會問，只有些不識趣的，偶爾把我拉進洗手間，問這問那，有次我索性胡扯説「我爸爸死了」，嚇得她們要哭。

其實，我爸爸有一半是死了，仍有一半在生，這就是那個所謂「生死未卜」吧。他在我幾歲時，還沒跟我媽媽辦好手續，就跟別的女人跑了。

至今，我媽媽自行掛着個生死未卜的姓氏，我也這麼掛着個生死未卜的姓氏，想來也覺得可惡。

沒錯，是我小學六年級不長眼睛，沒帶腦袋上課，明知男人不是好東西，卻竟愛上了一個男同學。

他已這麼的一把年紀，卻仍愛玩「爆旋陀螺」。

某天下課路上遇見他，問他在唱着什麼，他說那是「爆旋陀螺」主題曲，然後雙手插袋，掏出四個陀螺。

我好意勸他小學生活「不可一、不可再」，叮囑他考試將至，多溫習，他竟說：「知道了，媽媽。」一如班上常常建立的偉大親情，我們因為這段「母子」關係而親切起來。

直到有天他說，不想我做他媽媽的那天，我就知道，我已喜歡他了。他就是我剪短頭髮的理由。

我們分手，是為了個「爆旋陀螺」。這個爆旋分手故事到底是怎樣的，今天我已嘗試忘記得五五六六，最好別問。可惜，我仍受那些會轉動的東西困擾情緒。我不喜歡「球」，也許就是因為他；「就是不喜歡」的重大隱情，就是他。

識趣的就別帶我去吃迴轉壽司。

1.2 噩夢

「叫我敏如。」

就是不喜歡我的姓氏。明明是個不再見面的男人,為什麼要我一輩子掛着他姓氏?

現在我們還在趕牛羊餵雞鴨的農村嗎?我媽媽已經被他害慘了,還要在我名字前加他姓氏?

「敏如早安。」鄰座同學高度和我差不多,老師未進課室,她就來問我名字。「我叫珀琪。」

開學第一天就不爽。在開學前的好幾個噩夢裏,一大堆爆旋陀螺漫天飛舞,像極了世界末日。昔日小四五看過那些充滿粉紅色的浪漫變身動畫,把愛情描述得像友情一樣純潔的統統都騙人。

學校是新的,校服是新的,校訓是新的,校長老師工友同學全是新的,舊同學入讀了都派到鄰班,好些移民走了的都只能在紀念冊相見。一切都是新的了,這就令我更毛躁。

我想哭——氣得想哭。

「你學號是幾號?」

「不知道。」

「你身高多少？我 152。」

「你真的要談下去嗎？」她聽我説這話時，我的面容應該已扭曲得不似人形，才反照出她驚訝的神情吧。

不知怎的，從她臉上幾個細節，我竟看到我自己。

「沒事、沒事……你先忙、你先忙……」她用國語來唸這句話後，我看了看她，她隨意翻開桌上本來平放着的書。

我還沒有忘記這個暑假發生過什麼事。

我還未逃離那個來自爆旋蛇螺旋轉出來的世界。

我還沒看見新環境給我的新氣象新希望。

直到第一次上體育課，體育老師叮囑我們記得參加籃球校隊選拔，附帶一個對剛升中的學生最重要的信息：參加這項課外活動是可刷分的。

入選有助升學，真夠吸引。

對我來説，我只是想看看自己在這個暑假練出的能力，與校隊距離有多遠。

1.3 選拔

「數數看，幼稚園至今，你們經歷過多少次選拔？

幼稚園面試要練大小肌肉，畢業禮竟以跳舞來總結學習生涯，遴選的意義在哪？

小學入學要經三次遴選。入不了心儀學校，大人會安排我們到處叩門，每個叩門的學生都是我的對手。

小學要學的，學了寫了記誦了的，來到中學，還記得哪些知識，那些知識還有沒有用，只有自己才知道。」

說這番話的老師，名叫伊蕾。

開學已有兩星期了，我很清楚我仍未逃離暑假前的情緒陰影。

在體育課上聽到籃球校隊選拔的消息，而我整個暑假又似乎只有籃球陪伴，猶豫到最後決定放學留校參加選拔，因此才聽到這番話——我不確定許久以後的今天還記得的每字每句是否準確無誤，大約意思就是這些吧。

我們要到全港精英賽賽季前夕，才知道她曾經可選擇進入三支港隊：籃球隊、羽毛球隊和棒球隊，結果決定加入籃球隊。

畢業後，市區傳統名校都向她招過手。

來到郊區邨校任教，總有她的原因吧。當時的我，還未知道她為什麼會出現在這裏，到我們在一次比賽差點要輸掉，才聽到她說出理由。

這都是半年後的事情了。

伊蕾老師在點名，我看了看點名紙，竟有二十多人。許久以後，她說起報名人數，回憶自己當年學校只有六個人參加，這大約是普遍學校女子運動的風氣 ......

我看着一個個趕過來的人自有蓋操場跑出來。倒沒想到，同班同學珀琪竟然也來了。

「沒想到你也是打籃球的。我以前是校隊。」珀琪站在我旁：「我們對賽的話，不知道誰會勝出。」

「我才學了一兩個月。」

「這我放心了。我和你身高差不多，如果你入選了，應該會與我爭位。」

十多二十人當中，有好些身材高大，心想，高大的一定可入選了。連珀琪都比我高兩厘米，我還有機會嗎？

伊蕾老師要我們在衣籃隨機抽出臨時球衣，大家都發揮爭先恐後的活力。選拔本來就是要搶先吧，她們都追趕跑跳衝一下子就得到了球衣，我就等她們搶好了，自己最後才去拿。

我掏出的臨時球衣是紅色的。看看珀琪的，是藍色的。

真不知到底曾有多少人穿着過，染過多少汗水和淚水、洗

刷過多少次。

　　沒有一個學生會喜歡穿着這種臨時球衣，為了入選，卻又沒人介意穿什麼了。

1.4 失敗

第一次上中學的體育課，伊蕾老師告訴我們有籃球校隊選拔的消息，還說了一番話。

那天所說的話，才讓我決意追隨伊蕾老師的。「幾時才會說『就是不喜歡』這句話？」她說到「就是不喜歡」時，腳輕輕地頓了頓地：「只有發現自己能力未及得上別人，明知自己做不來，找個看來別人怎麼也反駁不了的理由。」我還記掛着已不愛我的他。現在我說「就是不喜歡」倒也可能是，我已經失去了愛一個男生的能力？

「有許多女生都不愛體育課。我曾問過許多女生，她們沒一個能解釋，只昂起頭說『就是不喜歡』。那麼，大家能認真地回答我嗎？」陽光灑在她的臉上，她瞇眼看着與她不一樣的我們。

許多老師跟許多學生說，誰誰誰真像自己年輕時的樣子。這些二三四十歲的大叔大嬸，就這麼喜歡在我們身上尋找自己的影子；一旦有所發現，就認定他們是全校最具潛力的學生，根本是藉別人的才華來抬高昔日的自己。

正在不屑地看着我們的她，或許看到一點也不怕她的我，表情管理得不大好，看樣子就是「哼」一聲的狀態。

我清楚知道，她來到這裏擔任體育科老師，並非尋找她的影子。

　　她有許多可去的地方，偏偏來到這一間位處郊區山邊的公共屋邨學校，來到一個泊滿老師車輛的籃球場，向着一群體育成績不理想的、呆呆站着的、明明有許多可去的地方又偏偏來到籃球代表隊選拔賽的女生發話。

　　許多年以後，我倒忘了，這些話我有沒有一字不漏地記錄下來。她背後的鐵軌上不時有火車經過，輕易地蓋過人聲，若非她不時提高聲量對抗噪音，我也沒信心可以記錄下來。

　　「我的確沒有能力與那些名校女生溝通。她們要維持籃球作為學校每年衞冕的傳統，在球賽上打勝每一場仗。」我沒有告訴她，打完選拔賽後的回家路上，我試着在手機的筆記本裏記錄她說的這段話。

　　到我正式成為學校籃球隊員，打到中四，遇上她口中的傳統名校輸個徹底後的那個晚上，我才猶豫是不是還要這樣記錄下去，她說的話到底還有沒有記錄的價值。

　　「可是，比賽最有趣的並不是勝利，而是存在。我打籃球，確切地感到自己存在的一刻，就是起跳後停在半空，看到對手快要回到地面，我還在想着那一球的起手動作該怎麼擺。我打羽毛球時，看到羽毛球浮在空中等着我的球拍時，我能計算着下一球的力度與方位。我打棒球時，看到隊友用眼神溝通，知道下一個部署是怎樣的。」我不敢説我有沒有把自己的想法混

進老師的話語裏，清楚記住她的意思就是：「我們每人存活在這世界最多一百年，運動員最佳狀態的存在，則只有一二十年，當中有許多個感到自己存在的時刻。」我明白她那番話的意思，就是說我們這群人難以爭勝。

球場被車輛佔了一半，我們在半個球場上比了半場賽事。當我在人群之間傳送皮球到臨時隊友時，儘管劃出一條近乎完美的路線，球還是被丟失了。

那時，我意識到自己感到存在的瞬間，就是遇到失敗時。

02 在熱鬧裏感到寂寞

2.1 鬢髮

我是五號。

現在我穿上的球衣,它透着許多小洞,看起來可穿透空氣和心情。

嗅嗅它,嗅出經年累月所積的汗氣,像遲熟的香蕉、準備下雨的氣味。

珀琪在下一輪,我在第一輪。我們這天應該不會成為隊友或對手吧。

我的臨時隊友與我站在一起,其中一個叫靠過來搭訕:「你都是為刷課外活動分數來的吧。」

我看到她額旁的鬢髮,掩蓋了鼻子,這才感到當下原來颳着大風。這間學校附近栽種的多是松樹,山坡上還有些細葉榕:「你在看什麼?」她發覺我其實沒有聽她說話。

「籃球這個東西,我是在暑假自學的。」

「原來不是刷分嗎?」

我盯着她:「如果你只為刷分,你最好不要碰我的球。」

或者她看到我比她還矮小,覺得我不在行?越想越不服氣,我補問一句:「你又怎麼知道我不會籃球?」她撥動着鬢髮,

整理一下腕帶，搖了搖手腕，像是很在行的樣子：「我才不理會。在這裏不打球，就無事可做。」

十分鐘前，伊蕾老師問在場的女生為什麼打籃球，如例無人答話。再問有誰想憑學校代表來累積學分，大家都舉手，我垂着頭。聽得出她的無奈：「好歹也有人生目標。五號呢？為什麼沒舉手？」「就是不喜歡。」然後，她就說了名校不名校、傳統不傳統、存在不存在的那番話。

我原來的世界就只有「失去了爸爸」的世界，現在再添「失去了爆旋陀螺男生」的世界。

伊蕾老師那番話讓我感應到世界一下子大了許多。

十分鐘後，我意識到在場所有人其實都是我的對手，臨時隊友並不是隊友，而是助我入選的對手。

她最好不要打得比我好。

可是，聽到她說刷學分的話，我又多麼希望她不要打得太差，千萬不要連累我。

她和三個臨時隊友站隱位置。哨聲一響，我看到三人站着不動，只有她在跑動。

她繞過三個對手，快到籃下時，突然向我的方向逼近，不知道有沒有兩秒的時間，我手上的皮球已傳到她手裏。

她借了我的身位，停在我背後、葫蘆頂的三分線外。當時我不肯定她做了什麼動作，只見皮球已越過我頭頂，快要投進

籃框裏。

我想看看她投球的手勢，回頭看去，她已不在。再向籃框看過去，皮球沒投進，砰咚的彈跳到半空。我看到有個人影已停在空中，恰巧就是陽光照到的，讓我看不清楚她是誰，不知道是誰把這一球補中籃裏。

「喂！我們看看誰刷最多分數吧！」我看到一個鬢髮長得纏住嘴巴的女生，咬住頭髮説句不清不楚的話。

這個裝作不會打球的女生，名叫川嵐。

2.2 自信

首先，我們要感謝三位臨時隊友和五位臨時對手，經常不小心把球投到教師名車展的展區，有好幾輛車的車頂和車身上，留了頗深刻的印記。

幾個氣急敗壞的老師搖控「呠」聲響不停，打開車門踩着油門駛走自己的車，順利移交球場主權給我們，讓半個球場的狀態只停留十數分鐘，正式開了全座球場的範圍，讓我們正式比賽。

看來敬師日一定要敬他們。

比賽限時二十分鐘，已過了十分鐘。

餘下的十分鐘，幾乎只有川嵐一人在跑動。

原以為自己經歷個多月的街場訓練，試着克服對球體與曲線的嘔吐感，今日應該可以輕易入選？看着川嵐滿場跑，就知道我「就是不喜歡」真的只是能力問題而已。

這個身穿九號臨時球衣的人物竟是我的臨時隊友：頭髮比我長、身材比我高、動作比我快，其餘三人喘着氣跟不上，我勉力跟上去，這才看清楚她咬住的是長髮末端，瞪眼露齒，活像個厲鬼。

對手五人，有三個看到九號要跑來就閃避，有兩個迎上去

的就成了她訓練用的人偶，手毛也碰不到半根。我這些日子在街場裝成男生與男生比賽，見過許多厲害的人物，學會一招半式，卻從沒見過這類人。

比賽到底是怎樣行進，又到底是怎樣終結，我已忘記了。

伊蕾老師立即公布我們這一組的入選名單，首先讀出的是「九號」和「五號」，其他女生則目無表情地接受她的點名，十人有四人入選，餘下的都走到場邊，沒有坐下來看下一組別，直接放學。

我到場邊打開背包掏出毛巾抹抹汗，川嵐又靠過來：「你也刷了不少分數。」

「是嗎？我倒忘了。」

接下來的事情，無論我們打過多少場賽事，只要回憶起某些細節來，都可讓我們得到難以形容的力量。

接下來的事情，我們難以忘記。

初秋早來的黃昏照着松樹和細葉榕，樹影印在球場（同時是籃球場、手球場、羽毛球場、排球場等）錯綜複雜的界線上。

細葉榕結過的榕果落到場上，一不小心踩踏上去，果實裏的花都會在場上綻放，它們的花姿不如尋常花朵，一旦這樣從果實裏爆開來，就會成為一束難以形容的、液體一般的東西，常常被人誤以為是鳥糞，其實它首先是花朵。

我看見場上又多了一顆榕果隨風滾動，被伊蕾老師不小心踩中了。

第二組遴選賽要來了，除了我和川嵐，有八人已組成黃藍兩隊，各四人。伊蕾老師說要在剛剛完成選拔的小組選出二人，參與這一組賽事，並要求黃藍兩隊自行選擇。籃組四人裏，有珀琪在。她們各自圍成一圈討論，不時朝我們指劃，結果藍組選了川嵐。

黃組知道藍組搶先選了，激動起來：「原來是先到先得的嗎？」向伊蕾老師投訴。

「剛才你們搶球衣不也是先到先得？別廢話！選了球員就開始！」

黃組四人立即向我看過來：「唯有選她吧。」

我當然明白自己為什麼不是首選。川嵐和另外二人都比我高，選了川嵐還有兩個選擇，她們卻把我設為次選。

　　自己不是首選，說不介意就是騙人的吧。當了次選，就更說不出感想來。

　　我跑到衣籃找了找，找到一件七號的黃色臨時球衣，然後走近她們，還來得及避過地上的榕果。

　　「七號，你投球是不錯的，不過待會多傳球吧。要是你要投球的話，會被盯上的。」身材最高的十號，用流利的國語說話。

　　看她們圍圈時的姿態，大可猜想她們已習慣合作。回頭看川嵐和珀琪，她們也在圍圈討論，與剛才那場眾人似無目的、漫遊太虛的比賽狀態截然不同。

　　再看伊蕾老師的反應，右手幾根指頭橫在唇上，是在期待什麼，還是在憂慮什麼，也說不準。

　　「七號，我們打三二，你站在前排中央，四號和六號打左右。我打左，她打右。」她指住十一號。在這隊臨時球隊中，以十號最高，高得像中四五的學生，說不定，比男生還高大。

　　暑假在街場亂戰，甚少打「全場」。「三二」是什麼意思，還沒有太清楚。十號好像會讀心似的，這時竟給了我更明確的提示：「對手沒幾個高個子，打三二防止對手切入。你跑動快，前後左右都可兼顧。」

　　後來才知道，她的家鄉在山東，自小就代表學校出賽。這

都是當地教練教過的。她在小二三時就經常擔當現在她指示我要負責的位置。

　　我們都站在要防守的位置了，看到對手還在討論，珀琪和川嵐二人討論得像吵架。

2.4 跌倒

那是我對「愛情」失去知覺的八月。在整個八月裏，我在籃球場上努力裝着自己是個男生，卻總被人認出來，接着就是要教我投球手法。

他們看起來是中三四的男生，看見我單手托着球拼命往籃板投擲，籃球連框也沒碰就反彈過來。我雙手接過來，一次又一次的投過去。

籃球在空中旋轉着，想起爆旋陀螺，這使我更憤怒、更大力，球和板相撞的聲音，響遍了整座屋邨。

場上的人漸漸多了起來，他們不斷練習投籃，我也不客氣地照樣投擲，直到有人說要對賽，說我這麼投擲的話，會影響他們，我這才停止，挾着皮球走到場邊看着。

看着他們六人三對三比賽，隨機組合起來的幾個陌生人，沒有球證裁判，只有每人心裏記住的規則，也夠神奇；奇在互不相識的人，竟可投出一記又一記看來只憑感應得來的傳送，好些傳球傳送的位置，原來就連人影也沒有，卻突然冒出一個接應的人，接球順勢投進籃框。

看來我找到了比「愛情」更有趣的事。

那時，有個人跌倒了，手掌抱住足踝，像在說他難再打下

去。他的隊友向我看過來。

「你可以代替他打一會嗎？」

我的運球技巧就在小學某幾節體育課上練習得來而已，怎能一下子跳進別人的比賽裏？

那時的我，不知不覺竟走到場裏。

「不會運球不要緊，你認住隊友就只有他和我，看準機會傳送過來就行。」他是個高個子，穿着五號球衣，五字上面有三個中文字，好像是「劉」什麼的，燈不太亮，記憶不大好，沒記在心裏。

「如果從對手手裏得到了皮球，需先走出三分線，我們投籃才會生效。」

在那場比賽裏，我被他們推倒撞跌不知多少次，膝蓋擦傷這處下一分鐘又擦傷那處。每次我跌倒站起，那些男生看一看我，想俯身扶我時，我都瞪着他們，那時他們就會停止動作，自己走開。

在這一個多月的記憶裏，充斥着這些畫面：跌倒、站起、擦傷、雙手撐地……直到有天我終於躲過防守投出有充足拋物線的球，他們才再不敢靠得太近——靠太近而我出手，就太容易犯規。這已是八月十日的事了。

別人看到的是我十天內學會了投籃，我看到的是一天十二小時在籃球場上練習，已練了一百二十個小時。

媽媽要做三份工作，早午晚餐都是我自理的。這個籃球是那個「劉」什麼借我的。每天下午四點，他就來這球場跟陌生人比賽。有我在，他來打球就不用帶着籃球。

　　我在他身上學會了投籃姿勢，就在八月一日至九日之間吧。八月十日開始，場上已再沒有人敢只用身形壓住我。

　　沒想到我會「投球」竟可解除身形差別。或者可以這麼說：他們深信可封阻我的投球，每次防守都在一個足可封阻的距離。

　　這些男生和我保持距離，是為了在關鍵時刻拍走我要投的球。我當時看到他們那種反應，起初有點不明白。現在想來，這其實是在肯定我的投球能力？

　　「七號，記住暫時不要投球。」十號再來叮囑。她看過我第一輪選拔的比賽過程，猜想她假設我一投球就會被封阻。或者，連這個臨時的未來隊友都認為我只會投球？

　　「好吧。我不投球吧。」

08 有些感覺還是說不清楚

3.1 着陸

我得老實説，我的腿子長得不好看。

這就是我討厭與女同學談話的原因吧。

她們無論開始説着什麼，話題總會帶到自己的腿子、歌手的腿子、模特的腿子⋯⋯每時每刻都是人體美學課，好像在説每個女生都要有合乎標準的腿子才算是女生。

剛開學的一個星期，幾乎每個同學都盯着我的腿。如果我的腿長嘴巴，一定會回應他們髒話！

這也太不禮貌吧。

但當我在第二輪選拔賽裏，我感覺我的手指快要碰到籃板時，感受着身體飄在空中的感覺，我決定原諒盯過我腿的所有人，甚至期望他們都來看我這場比賽。

我跳躍的高度，甚至能讓我清楚聽到籃球在籃框裏穿網的聲響。

在第一輪比賽裏，我投球的機會不多，只投了三球，三球都命中了，就是不曾運球走籃——這工作全由川嵐一手包辦，她跑動的位置讓我無法不傳球。

十號以為我只會投球，全因我在首輪比賽唯一可做的就是

傳球和投球吧。第二輪比賽，我已有了入選資格，每人的目光卻還是投到川嵐身上。

我決定原諒盯過我腿的所有人。在我做這個決定前十數秒，次輪選拔賽正式開始。珀琪接住川嵐在底線傳的球，運球航進我要防守的區域。

我看到我負責防守的一邊，場上佈滿榕果噴花的污迹、車胎膠輪剎車的劃痕……我沉住馬步，高舉雙手，儘管這高度還不夠完全守住珀琪，地板上的污迹也足以令珀琪更小心翼翼吧。

她從表情包裏淘出了個不屑的，她好像沒有看到我，是沒放我在眼內，還是落日的光束來到我的後方，讓她真的看不見我？

下一秒鐘開始，我雖沒看到她，但可肯定的是，她看着我運球跑向她要守住的籃框。

至今我還記住食指和中指碰到籃球的觸覺、籃球脫離珀琪手裏的那個畫面：落日照出了一條路徑，我跑在這束光上面，追到了被我甩掉的球了，拍了三下，收步抱起籃球，把球送到籃裏。

我的腿送我來到這個無人地帶。我終於明白自己奇異的身體部位的存在原因。

我決定原諒盯過我腿的所有人。

3.2 餘暉

　　籃球正往場外彈走，砰咚砰咚那種回音響遍球場。我跑去撿拾皮球，把它交給本來要趕着防守、追在我後面的珀琪，好讓她發球。

　　她看看我。看她神情或會以為她剛看完恐怖片，眼睛和鼻子縮成一團，不說還會以為我正在交給她的不是皮球，而是骷髏頭。

　　那個時刻，我當然沒可能跟她分享暑假「運球跑」的練習，又是劉什麼告訴我的：「我教練教我的：不是你帶着它，而是你追着它，從這邊底線跑到那邊底線，來回五十。接着就是追逐練習：球往那邊底線拋去，就追着它跑去。球彈一下，就要追到。」

　　每天十二小時練習，倒沒數過到底來回多少次，只記得我在整個過程裏，應已消解了大部分怨恨和疑惑。

　　我開始明白「籃球」是個怎麼樣的運動。

　　我跑回自己的後場，十號說了句「好球」鼓勵一下，其餘三人忙着走動，防守着臨時對手，因剛才跑回去防守我的，就只有珀琪，其他人停在要進攻的前場，沒有跑過。

　　我站在後場罰球線，往珀琪方向推進。我跟着皮球傳送的

方向看去，看到川嵐咬着辮子往八號進攻，弓身箭步就到了十號的防守領域。

川嵐和十號幾乎同時躍起，這時川嵐嘴巴甩開辮子，右手繞過十號腰間，傳送給隊友……稍等……首輪我和她是隊友，她一球都沒有傳送過……

接住這球的是誰？我眼睛追蹤着那個身影的臨時球衣號碼，同時看到有另一身影在她接球路徑出現了！

許多人説日落的光線是「餘暉」，這個「餘」字讓人覺得是剩下不多的意思吧，卻太誤導人了。我看不清這堆身影誰是誰，都因「餘暉」剩餘太多了……光度害我分辨不來，遑論知道她們的表情怎樣。

到了一切都靜止下來，我也適應了「餘暉」光度，聽見十號着地嚷着要球，才看到原來截斷傳送路線的，正是剛被川嵐甩開的八號隊友；切入打算接球的是珀琪。

珀琪切入的位置原是我要守住的。這一球是我沒有好好守住。

我來不及回神，籃球已傳到我手。

前面又是「餘暉」鋪出來的道路。

我上籃時，可碰到籃板嗎？這是我投進第二球前兩秒鐘想到的問題。

3.3 背誦

剛才在場邊看球賽的人都走了。學校早就過了留校法定時間，場邊和場內都只剩我們了。

川嵐又躲開了十號高個子的截擊，今次再沒有傳給誰，自行上籃得手。

那是她們僅有的得分。

比分已到了二比二十三。

伊蕾老師在場邊看了看錶、看了看我們、看了看分牌，鳴笛結束，然後高呼幾個號碼可以留下來，其餘的想加入，就等學期中再選拔了。

兩輪比賽入選的，都圍成一圈，喘着剛才還未喘完的氣，等候伊蕾老師訓示。

校舍附翼禮堂外亮了射燈，掩住了夕陽餘暉，照亮我們的臉，同時把我們圍的圈塑造了幾道長長的影子。球場上的輪胎痕跡更顯眼了。原來珀琪一直瞪着我，我裝作沒看到她，期待老師給我們評語。

「我和你們一樣，都是新手。我來到學校也只有兩星期，學校要我先照顧 C Grade，即是剛升中一的你們。我和你們不同的是，我曾有三種運動員身份可發展，最終就只選了籃球。」

不久之後，我才聽到她選籃球的原因：籃球運動幾乎存在着所有運動的元素。

老師如常的裝束：科技纖維衣料的紅色 tee，不同的是今日外掛了 32 號湖人背心球衣。黑色長褲下就是看來很有來頭的那種籃球鞋。我下意識地看看自己的，再看看老師的，勉強記住了鞋的外型與特徵。

「你們的確是入選了，但，這不代表你們明白籃球是怎麼樣的運動。你們還未明白籃球是什麼。」她在手上的 iPad 點了幾下，然後向我們展示一個網頁：「平日訓練每周至少一次，下星期四放學開始。這個網站內的所有文字，一字一句，全都要背進腦裏……」有人準備驚呼，她立即說：「不用叫了，這是籃球運動的重要部分，基本術語、戰略指示、暗號手勢，全都要記住。」她派發一張印有二維碼的紙張，要我們先用手機拍攝下來，回家瀏覽。

踏進更衣室，剛巧遇上兩個換了校服準備離開的落選同學，她們看看我，又看看我手上的紙張，當然也有看我的腿。她們其中一個問我：「你可觸摸到籃框嗎？」

「不知道呢。」我匆匆回答。

「你是田徑隊嗎？跑短跑的？」

「我沒有參加，籃球也只是剛開始打。」

伊蕾老師這時在門外往內喊道：「學校要關門了。動作要

快！」

　　入選的都進來了，人人匆匆忙忙，許多人索性從儲物櫃拿出書包和衣物，把校服塞進書包就走，誰跟誰也幾乎沒説一句話，氣氛怪怪的，只有珀琪纏着我，不斷問我：「你有跑步的嗎？」「你這雙鞋是什麼牌子？」「誰教你打籃球的？」問個沒停，從學校到家附近的馬路邊緣，等候紅綠燈。

　　原來她住在鄰座，還要約我一同上學。

　　那天起，她常擺出的怪異表情，成為我生活一部分。

3.4 記憶

　　珀琪遞來的手機正在播放的短片：「看！這不就是我們嗎？」她在時間控制杆上拉回最初：「first step 好快！看看他的肩膊！」每天早上，珀琪和我在樓下集合，沿着天橋走到屋邨商場，無聊地指住橋的另一端鬥快跑過去。還未踏入校園，衣服已充滿汗氣。

　　那是我們沉迷觀看影片學習運球的日子。

　　珀琪搜尋的，都是我聞所未聞的 NBA 名宿，可是他們的面部表情和動態，在畫面裏竟是一小塊一小塊組成似的。

　　後來，我才明白為什麼會有這種畫質。

　　那是個我們完全不能理解的記錄影像的方式，好像是要在一條長長的膠帶上，鋪滿了磁粒子，這些磁粒子可以記住真實環境發生過的事情。

　　在錄影前，膠帶上的磁粒子排列齊整；記錄影像時，這些磁粒子就會根據接收的影像重新排列。

　　要讀出這些影像資料，需要一台機器。這台機器可以播放已記錄的影像，不過，如果要看某分某秒，不如現在方便，動一動指頭就可從結局回到最初，從前是需要快轉或回帶，機器會發出嗖嗖的轉動聲響，把膠帶捲回某個位置。

珀琪説，有位 NBA 教練曾做過一個球會的影像管理員，每天在一個房間裏檢視影像內容，看到對球會球員有用的戰術，或是要檢討某場比賽，就會為相關球員提供影像記錄，讓球員可以用影像來學習。

多年後，這位掌握歷年球賽成敗原因的管理員，成為一支球會的教練，拿過不少冠軍指環。

珀琪給我看的，有些是她早就看過了，有些是她第一次看到的。手機裏的錄像播放器會自動推介相關影片。她説，自從四年級就開始看這些影片，許多動作都是跟着這個那個球員學會的。

我忘記有沒有跟她提過劉什麼曾經教我的什麼跟什麼，倒有一件事，每次回想都有種震撼的感覺。就在珀琪搜到去年學界某場精英賽的片段，出現了一個非常面善的球員，球衣背碼和名字也是我在某段日子經常讀到的。

在剪輯的精華影片裏，我看着那個球員為球隊追回不少分數，還有幾個傳球，帶動隊友幾乎追平，結果還是輸掉了。

賽後，記者只訪問了勝利的一方，問到在第四節末段幾乎被追平的感受。「聲音可以調到最大嗎？聽不見。」珀琪説這種行為只有巴士上某些阿伯阿婆才會做的。我搶過手機，拿着播放聲音的一端，遞到自己的耳邊聽着。

他形容那是一場得分領先但沒有感到有領先優勢的賽事，説那位主力球員主宰了整場賽事。這是他第一次感受不到勝利

喜悅的比賽，覺得這場比賽勝利的是學校，自己其實是輸了。

聽到這個訪問內容，並不是我感到震撼的原因。

食指回撥到鏡頭對準正在追分的球員，高清影像似乎可讓我清楚辨認，我對這個球員的記憶卻原來那麼模糊。那真是他嗎？就是劉什麼嗎？

震撼，來自我已模糊的記憶。

暑假時光明明那麼難忘，有那麼一個男生借我籃球又教我怎樣應付球賽，原來我根本沒有記住他的樣子和名字。

04　有些事情總曾發生

4.1 記號

「敏如叫我。」

劉什麼，到底是劉什麼呢？我已忘了。記得的是，八月三日，他第一次喚我的名字。

我在場邊向他招手，請他來看看他的皮球狀況。他跟當時在場準備發球的臨時隊友說了我的名字。

八月一日，我跟他說，「我叫敏如」。

兩天後，他仍記得我，我卻只記得他的嘴巴說着我名字的那個動態與形狀：「敏如叫我。」

十月二日，「敏如」這個名字，連同「5」字，出現在校隊球衣背面。

一個多月以來，我都不敢再踏足那個球場——那個會出現劉什麼的球場。

珀琪給我看的那影片，已是去年的比賽。那些於我再也熟識不過的動作，那些傳送得恰到好處的助攻，是他的記號。

那天回家後，我就不斷看着，認得出哪些動作就是他教過我的，只有他的臉，因着他不斷晃動、低頭衝刺而模糊不清，我嘗試抓準時機，在手機屏幕上按下暫停，還是像見鬼一樣，

根本看不清楚。

我大可到那個球場看清楚一些、記清楚一點。可是，那個為我抹去那個男生記憶的地方，有過我假想它是爆旋陀螺男的籃球板，奮力擲去又彈回來的武器，讓我忘記排列整齊的舊磁區，在上面把全新的影像紀錄蓋過去。

我已經在那裏發現新的自己。

十月二日，我拿着印有我名字的球衣，在屋邨天橋看着那個球場，整個風景十分平靜。八月的那種憤恨，好像已變成了另一個東西，可能就是變成了我手上的球衣吧。

自那天起，我有了一個新的身份，只要穿上這件球衣，就是代表這間新的學校出外比賽。現在看來我已認得一個記不清的人，他也穿着校隊球衣，在球場上挑戰每個陌生人。

我每做一個動作，都有他教過我的要訣。我身體好像已有了各種本來屬於他的記號。

想着、想着，人已站在那個球場邊緣，看不到劉什麼，只看到一群從未見過的小學生正在可惡地踢足球。

我到這裏來，為的是什麼？我是為了跟他分享這件球衣嗎？我是為了確認他模糊不清的樣子本來是怎樣的嗎？

就在我轉身要離開的時候，有個籃球很青春劇地向我滾過來，碰到我的鞋。

「Yes！中了！」

那個在遠處握拳慶祝的高個子，正向我的方向跑過來。

同時，我也開始跑起來。

或者有人以為我會向他跑過去，拿出我的球衣，叫他一聲老師，高呼「我做到了」。

我拿着球衣，背着書包，跑到更遠的地方——遠離他的地方。

那天，我幾乎可以確認一件事：我跑得比他快。

4.2 友賽

賽季來臨前，伊蕾安排了一場友誼賽。

友誼賽到底是個什麼概念？它有什麼意義？如果是「輸贏都不重要」，我們為什麼要做這種不重要的事？如果是「友誼第一」，交個朋友就行了，為什麼要大費周章？如果是「測試實力」，日常訓練已包括在內，為什麼要多此一舉？

那是十月九日，就在我見過劉什麼之後的一個禮拜，我帶着幾個疑問，第一次穿起校隊球衣與其他學校代表隊作賽，對手是某「中小學」籃球隊。

伊蕾的佈局是，我和珀琪打一、二號位，「開局時暫時由凌宇主攻」。珀琪在我耳邊低聲提示：「即是打雙控衛。」川嵐打三號位（小前鋒），日彤打四號位（大前鋒），凌宇打五號位（中鋒）。老實説，這些隊友的名字和臉孔，我沒記得幾多個，練習也沒有幾次，和街頭籃球沒兩樣，別説要運用什麼戰術了。

沒人説得清楚，這場比賽為的是什麼，球賽就開始了。我看着籃球場上老師車輛遺下的車輪痕迹，旁邊佈滿被踐踏過的榕果，像河上的湍流擊石拍打，花果在地上開滿子彈孔一樣的花。

凌宇雙手高舉，接到珀琪的傳送，然後運勁拍球。她往後移動，對手竟被她撞擊得倒在地上，看上去似乎還擦傷了小腿。凌宇用這種方式得分不少。再看川嵐又咬住瓣子，珀琪和我的工作變得簡單，第一節領先八分，看來所謂強隊並不算什麼？

我們喘着氣，聽伊蕾說話：「剛才和你們比賽的一隊，是那間學校的小學部代表隊。」如果有人這刻來拍照，應該會錄得一堆女生驚得呆了的樣子，還可做個「meme 圖」廣傳。

我們倒沒有想過，小學五六年級的女生，體型已和我們差不多。

這樣一來，領先八分就實在太少了吧。

「許多人好不容易才等到升讀中學，這群小學生竟可藉籃球運動首先踏足中學校園。剛才的事情也夠清楚吧。」伊蕾說的是我和珀琪有好幾次被對方的雙控衛突破防線、凌宇被兩人壓迫得「三秒違例」、川嵐上籃被封阻、日彤手上的籃板球被人硬生生地搶去、二晴本來可投籃的位置長期被人封鎖⋯⋯

我不知道當時還有沒有人跟我一樣「憤怒」：為什麼要安排小學生和我們比賽？我們好不容易才脫離小學校園⋯⋯珀琪看來和我的想法一致，問了幾乎相同的問題。

「在籃球場上，年齡並不是重點，何況你們只是相差一兩年。」許久以後，伊蕾帶領我們在那一年擠身八強後，在接受體育新聞網站記者訪問時，回憶這場友誼賽的隊員反應：「球場是學校場所，這個場所一旦要舉行比賽，它就和學校沒有關

係。它是獨立的。無論中學的或是小學的，球場就是球場。不要天真地以為自己學校的球場只為自己而設。」

對方的中學部隊員正身處另一間學校，與去年全港八強的隊伍打友誼賽，因此要到第三節才出場。第二節與我們比賽的，還是一群小學女生。我們帶着許多個「不明白」，更多的是「憤怒」，就算第三四節被對方追回一些分數，還是被我們很不友誼地「勝出」。

沒想到的是，這場比賽成為了我們籃球生涯的坐標。

4.3 再遇

家母看到我升中派位結果合乎她心意：離家很近，這就對了，不用再想其他了。

她早在暑假某天替我買了課本和校服，在我常到籃球場發泄的日子裏，她為我處理了所有事情。

剛剛升上中一的第一個星期，收到一張又一張要帶回家的文件：什麼都要買，什麼都要考慮申請。

我揹着她在網店買回來的二手書包回家，裏面全是二手書、新簿和一大堆通告：什麼課外活動、什麼訂閱報紙、什麼同意書，全都是錢和錢，還有什麼安全推廣計劃，要子女多加留意，弄得書包裏的資訊宇宙大爆炸。

聽家母說，她兼職的那間米線店的主管很有愛心，臨近逾期的、反正要丟掉的食品，都會給她帶回家。

後來才知道，那位主管不是很有愛心，而是很有愛意。

幾個月後的某場比賽，在看台上很投入地為我打氣的那個新的男人，就是米線店的主管。單親，表面上就是家裏只剩一個親人的意思，實際上其實是家裏只剩一個為照顧家人而掙錢的大人。儘管家裏已有好一段因家母做三份兼職而不愁衣食的時間，家母還是因她愛護環境的理念，節約能源，省得就省，

整個夏季只開一把電風扇：「超市為顧客開了冷氣，我們要好好珍惜。」

我也在整個暑假逗留在籃球場上，家中的電費減近零。早晨在場邊看着一大群叔伯婆嬸晨運體操，終於有半個球場可以練習，場上還剩下她們跳中國舞剩下的羽毛亂飛，弄得球場不似球場。

那是十月九日，就在我見過劉什麼之後的一個禮拜，我帶着幾個疑問，第一次穿起校隊球衣與其他學校代表隊作賽，對手是分區名列前茅的某「中小學」籃球隊。

第三節比賽上陣的是中小學的中學部校隊，還穿着明顯染了汗的球衣，球衣的顏色與字體似曾相識。它們與剛剛小學的不同，好像在哪裏見過；跟前這個身影，也像在哪裏見過……

那是十月九日，我們勝出了一場友誼賽的那天傍晚，劉什麼出現在我面前。

「敏如你好。」

劉什麼站在我面前，我緊張得轉身要逃，才轉身就差點碰到川嵐的胸口。

我夾在他們之間，動彈不得。

「原來你讀這間學校。聽說今年你們校隊多了幾個高大的女生，待會比賽應該很有意思。」劉什麼在跟空氣說話嗎？他應該不是跟我說話吧。

「你的號碼跟我的一模一樣呢！沒想到你也加入了。」原來他比凌宇更高，我這才發現，我直視他的角度，原來只能看到他胸襟前的校徽。

然後繞過我，踏前跟伊蕾握手：「不好意思，我們遲到了。小學部還好嗎？」

「你的教練好厲害！小學生竟可訓練得像初中一樣！」伊蕾語帶興奮。

「我在小學受訓時，教練已強調，男女受訓都要用同一標準。現在女子隊對男子隊的校內賽，六戰六勝。」

「看得出。她們剛才給了我們不少苦頭。現在到你教出來

的中一學生，應該更強吧。」

原來學生都可當教練嗎？劉什麼是教練？

「只是我老師太忙才把這工作推給我吧。我們今年應該沒你們的強，我知道十號和五號都不簡單。」

「我倒想問你，我們五號的打法，好像與你有什麼關係？我第一次看到，就想起你。」

伊蕾口中的「什麼關係」和「就想起你」，令我幾乎要軟攤在地。他們到底有什麼關係？

「世界真細小，她是我教出來的。她只花了一個月，就學會了。」

伊蕾當時的表情非常奇怪，後來我才知道那就是「恍然大悟」。

我避開她的目光，跑出球場隨便撿個球來裝作練習，沒有一球投進籃框。

這場比賽，我只能旁觀。

伊蕾十分清楚我在想什麼，應該是決定不讓我出賽，收起我吧。

我在場邊也沒看着比賽，一直望着劉什麼，不敢望着充滿劉什麼球衣顏色的場面。

我以為我花的一整個暑假可讓我逃離那種天旋地轉的感

覺，沒想到現在穿着的運動內衣回彈我的心跳頻率，竟比我與爆旋陀螺男説分手時的更劇烈。

我按住胸口，垂下頭來，場邊榕果被踏碎的綻放，開出的是我無盡的深淵。

05 颱得不是時候的風

5.1 相近

　　川嵐咬住她的鬃髮，向着這間曾擠身十六強的中學部新人攻過去。她跳得不算高，拉杆轉向的能力卻強如網上影片那些名宿一樣，竟能躲開她們最強的中鋒，順利得分。

　　此前，她唯一躲不過的，就只有凌宇。其餘全都不是她的對手了。

　　場邊的劉什麼，看看她，也看看我，我立即躲開他的視線。

　　我猜想他是要確認，他和我有沒有連線——我想到的是暑假被他指導時，經常遇到的一個街場臨時隊友。回想我和川嵐在選拔時的默契，多少是因為她的套路實在與我暑假遇過的那人幾乎一模一樣，要猜測她的去向，回憶一下就可以猜到了。

　　我敢說，這場比賽如由我來控球，川嵐會更得心應手。珀琪畢竟才認識川嵐吧，她已盡了全力呼應這個得分球員。

　　我看到劉什麼怎樣向球員喊話，球員又怎樣齊聲回應。看看伊蕾在場邊一直沉默着，像在觀察着什麼，又像在想着另一些事。

　　這十分鐘，我不斷關注着劉什麼與球員的互動，看到他與她們這麼多人的師徒關係，比較我只在暑假因他懶得帶籃球回家而給我看管着他的資產，我只不過是個管家角色吧。她們和

他才是真真正正的師徒。

第三節完結前，我走到伊蕾身邊：「這場比賽用不着我吧。讓我先回家，好嗎？」

「第四節由你上陣呀！教訓一下那個劉什麼！」

我呆了一呆、兩呆，甚至三呆。

怎麼連伊蕾都稱他是劉什麼？難道他們早就認識了？

當下，我首先想到的是，為什麼她會叫他作劉什麼。接着，才想到原來我第四節要出場。

「劉什麼？」

伊蕾笑了笑：「對了，我忘了説。他是我的堂弟，平時因為他喜歡説『什麼』，所以慣了稱呼他是劉什麼。」

原來他們是親戚。我好像鬆了一口氣。

那麼，我在鬆這口氣之前，到底在想些什麼？

再不重要了。第四節，我要上陣了。我要好好想想與珀琪的分工。就在我正要思考的當下，伊蕾説了這話：「她們速度不高，你不用理會川嵐，專心搶攻。」

我看着我的五號球衣，腦裏重溫一些 NBA 名宿影片的動作，整理一下球鞋，等哨聲宣布第三節完結，我走到劉什麼那邊，跟他説了一句話。

八秒，是控球後衛在後場運球的時限。

我默數八秒：零一、零二、零三⋯⋯零八。第四節第一個攻勢由我發動，運球到前場時一直數着、數着，運動內衣令我更留意心跳速度：每數一秒，它就跳動兩下。

川嵐快要跑到可接球的位置，從底線躲過幾人繞道出來三分線，我正要傳送的當下，竟出現了一個身影阻擋了傳球路線。這個身影更要向我襲來！

我的籃球被搶走了。

我奮力向她要快攻的方向衝回去，不花一秒就搶回皮球。我再找到川嵐的位置，順利傳送後，看着她越過幾人，把籃球送進籃框裏。

這不用多說，一定是劉什麼安排的策略。他知道我在哪個方位傳送，正如暑假時他教我可怎樣傳給那個像川嵐的打法的人。

我瞪着場邊的他，他裝作沒看見，這時伊蕾拍了拍手，提醒說：「不要只看場邊！留意對手搶攻！」

她或者不知道，我、川嵐和劉什麼，已在場內畫成一個三角形，脫離不了。我們每個動作，都在劉什麼的監視下，準確

預測。不過，他應該沒有留意，場內的我還有兩個新隊友：日彤和二晴。

日彤就是穿八號的、正在搶籃板球的球員，在第一場友賽，也搶了不少籃板球。她比我高得多，籃下與凌宇合力卡位搶佔空間，讓我們可放心投籃。

二晴在川嵐休息時上陣，剛向我打眼色。我立即傳送給她，正好珀琪為她擋出一個空間，在三分線外投射，噗的擦板入球。

日彤和二晴二人每天花一個多小時乘車來港上學。家人離鄉背井走到深圳工作，為了能在香港上學，她們的父母找到升學的中介，找到這間學校。

八秒，是控球後衛在後場運球的時限。

我默數八秒：零一、零二、零三……零八。第四節第六個攻勢仍由我發動，這次我傳送給已在籃下佔位的日彤，日彤傳給從後切入的川嵐，她咬着鬖髮闖入去，籃下拉杆勾手入球。

5.3 光速

綜合科學科老師姓余，開學的第一個循環周，他問我們有誰已取新書，全班只有兩三人舉手，他就說：「我十多年前都和你們一樣，買不起這科目的書。那麼，這一課就不說課本內容吧。我們談談宇宙。」

課室裏響起了一陣誇張的歡呼聲。

他說，最近有人發現四十光年以外，存在着一個與地球相若的星球。問題：我們能到那裏居住嗎？

有個男生興奮地舉手說「一定要到那裏居住」。余老師回應的一番話，令所有同學都默不作聲：「即是說，人類願意用光的速度花四十年到達那個未知的星球嗎？」

「所以說，如果要到宜居星球，由出生當天出發計起，要到四十歲才可到達那個星球？」有個同學站了起來，直接發問。

「正確。接下來，我們要問的是，有哪個人願意花四十年時間，去一個陌生的星球，再花幾十年時間，探測星球是不是真的適合居住。」余老師這個課題，在我們整個中一生涯中，反覆出現。

用「光」的速度飛翔四十年，到底是個什麼概念？

余老師開始說「光速」：在太陽系裏，太陽光線要照到地

球的速度是八分二十秒。換言之，我們看到的日出，相對於太陽來説，是遲了八分二十秒的日出。

在地球的我們，每天等待着的明天，原來是遲了八分二十秒的明天。

時間無法拉近星球與星球之間的距離。如果太陽發生了什麼事，我們也只能等八分二十秒鐘知道。

那麼，「八分二十秒」是個什麼概念呢？我想起劉什麼教我默唸秒數的方法：需在默唸時多唸一個「零」字，才最貼近現實的時間。「有天你打真正的比賽時，這八秒鐘會提醒你，持球有得分機會，也有違規的機會。」

劉什麼説的是後場持球時限。

余老師説的是陽光照到地球的時間。

我在課堂默數八秒：零一、零二、零三……零八。八秒原來是這麼緩慢的。

5.4 有無

數學其實是個什麼概念？人為什麼每天都不斷點算着？

潘老師在開學時，問了我們兩個問題。

她沒有說她的答案，我也沒有想到我的答案。

小學一至六年級數學課，有時學習幾何圖形，有時計算代數，最後還是要計算大明有十元、小明比大明多十元、那麼小明有多少錢的無聊問題。

十月九日，潘老師重提她的「數學」概念：「零，是『有』，還是『無』？一點也不好說。在數學概念上，它的確是代表『無』。可是『零』字偏偏是眾多阿拉伯數目字當中，佔據最大空間的字。它用它的『有』來代表數學概念上的『無』，好像強調了『無』比『有』更重要。」她在白板寫上 paradox 和弔詭，說着世界上許多充滿矛盾的事。

那天放學，在伊蕾安排的友誼賽前，珀琪說起潘老師的話：「你不覺得有趣嗎？原來連『無』都是要用『有』來表示。這果然是中學呢！小學的我只會被安排不斷做練習，沒人說過這些概念。」

我忘了自己怎樣回答。當天發生的所有事，我倒記得清楚。

那天以後，我不斷回憶當日發生過的事，在那些飛快流轉

的畫面快搜了許多遍，到了關鍵的情景停下來，還是找不到線索。我要記起的是，十月九日之前、七八月之後在邨裏籃球場打球的日子，到底劉什麼的全名是什麼，到底劉什麼球衣襟前的校徽是怎樣的，為什麼我看到第一二節小學部校隊的球衣時，沒有警覺她們與劉什麼同屬一間學校的關係。如果我早在比賽前知道劉什麼會出現，我會不會表現得更成熟些。

畫面流轉，時快時慢，在這些「有」和「無」之間的畫面，到底哪些是確實發生過的，哪些是我本來忘記而為了讓自己愉快一些才填充上去的，真的很難說清楚。

在第四節比賽前，我走到劉什麼面前說的一句話是什麼？他的反應又是怎樣的呢？為什麼我只說一句話，沒有說第二三四句話？如果那時我沒有去說那句話，後來的事情會不會簡單一些？

十月九日，我們勝出了一場友誼賽的那天傍晚，劉什麼出現在我面前。

「為什麼你會在這裏？」

「你剛才不是說，要我等你的嗎？」

「有嗎？沒有。」

「校工來趕我走，我都沒走。我就在這裏等你啊！」

「我沒有要你等我。」

「那麼，在你出場比賽前，你說的那句話是什麼？明明是

你要我比賽完結後等你的吧。」

「有嗎？」我用毛巾擦着剛清潔好的頸項，認真地想了一想，繞過劉什麼，拋下一句「沒有」就走開了。

他追上來：「不要緊不要緊。我帶了你之前練習的籃球過來。」

我走在他前面，沒有回頭：「為什麼要帶過來？」

「慶祝你加入了校隊嘛。」

「有什麼好慶祝。打得好，自然就可以加入。」

「這都是因為我教得好啦。」

「你有那麼多女生可以教，你教她們教得幾乎要反勝我們，不就更值得慶祝嗎？」

我自顧自的走着，我感覺他再沒有跟着我。

06　裙子長度永遠是我們的敵人

6.1 新舊

開學四十多天了，學校不再是新的，老師不再是新的，同學也不再是新的。

我努力地跟着不再新的老師朗讀內容。小六讀過的《背影》，中一課本又要我們多讀一次。書裏的《背影》竟然比小六的多了一千字，明明是同一個已經死去的人寫的東西，死後竟可多寫一千字？我不明白。

想到這裏，老師教了另一篇文章一個叫「半新不舊」的四字詞。這大約就是我的感覺：在這座半新不舊的學校過着半新不舊的生活，碰面的都是半新不舊的人，讀的都是半新不舊的文字。在這系列的半新不舊裏，讀到多次被誰改編過的《背影》。所謂中文課本，就是一篇篇二三四五十歲的人寫過的文章、由三四五六七十歲的編輯編的書。我才剛踏足中學一年級，就要閱讀那群念過一些書的、踏出社會找到工作或者失去工作的人寫過的一堆文字，他們不知道自己的文字其實已經被那群半新不舊的人改動為一個所謂適合教學的版本。

在我看來，這簡直是個見鬼的課堂：作者簡介貼出的大部分都是掛掉幾十幾百幾千年的人的臉，有些說不準只是某個半新不舊的人想像出來的臉孔吧。別再怪責我躺在這種書堆裏期待着一星期只有一次的籃球訓練。

每天要周旋在這種見鬼的課，有時只一節課，有時兩節連續一小時多。坐在我旁的珀琪選擇了另一種中文課：在櫃桶底看一堆寫了許多中文字的書，題材主要就是愛情和愛情。問她在看什麼，她會說出一堆人物之間發生了什麼關係，然後男主的決定令女主有了新的看法，之類。在我看來，這堆也是見鬼的書，陰風陣陣，幻影幢幢，鬼話連篇。

到了球場，見鬼的狀況就更嚴重。只要有不屬自己隊伍的人類，一律沒有名字，暫時稱她們為「鬼」。球場上的人都化為沒有名字的能量，為方便提醒隊友，就會喊叫「鬼呀」。這話也是十月九日那場友誼賽聽得最多的一句話。

真的見鬼！對手幾乎無處不在。她們跑得不慢，身形有比我們更好的，看樣子她們全部都很漂亮似的，而且裝備充足，尤其全隊都有穿的緩震中筒襪子，每人都配了白色臂套，膝蓋上纏了髕骨訓練帶。要形容這些鬼，再寫一千字也形容不了。

川嵐從來不參與單擋，只會四處游蕩，這種風格真的太似暑假球場的那個人，被劉什麼看穿之後，向他的隊員打了兩三個手勢，她跑動的位置就被擋住。自從校隊選拔後，我再沒跟川嵐有過一句話，這位臨時隊友毫無意外地成為真正隊友，訓練幾次也只會遙距傳送，送出的球，她如常一次也沒有回傳，自行上籃。

如果不是遇上劉什麼帶領的隊伍，我們或會一直維持這種隊友關係。

伊蕾叫了暫停，吩咐川嵐休息。她咬住的鬢髮，這才放了口，走到我旁邊說：「我再出場時，由我替你單擋，擋後看準機會傳給我。」那時，我才看見，原來她咬住的，是夾着一束鬢髮的飾物。

　　那是我們第一次沒有和川嵐一同作戰的時刻，看到籃下的八號日彤卡住了對手，我傳給剛替我單擋的珀琪，她迅步切入，接過我的傳送，輕輕一撥，撥到靠近底線的三分線外，這個第二傳送看來是失誤，原來三號二晴早就往那邊跑動。到她跑到那邊時，已無人看管。這球沒有投進，日彤搶了籃板球，往外傳給我。

　　我看到對手幾乎全都靠近籃球框了，如果我退到三分線外起手而投不進的話，對手可能會搶到籃板球。那時，剛投失了一球的二晴，又是無人看管，對手或是以為她會一直投不進。她離我有點遠，我原地奮力跳高，雙手抬起籃球擺到腦後，用力傳送給她。

　　她驚訝的表情，好像在說「我剛投不進，怎麼不選個投得準的人，又傳給我」，她看着我的半秒還是一秒，我堅定地看着她，她這才再瞄準球框。

6.2 猶豫

十月九日，時近傍晚，劉什麼看着三號二睛連續得分，叫了暫停。

「謝謝你！」二睛國語口音和凌宇的不一樣，我不會分辨她的故鄉。

「多投就好。」我握拳示意要跟她碰碰拳，她好像有點不明白，面前卻出現了一個拳頭，拳頭的主人是珀琪：「合作愉快！」

我和她笑了笑，二睛還是不大明白的樣子。第四節初段第一球投進了，接應珀琪撥碰傳送的第二球投不進，球到我手我就用力傳二睛第三次投球，她明明投進了，回到場邊還是信心缺缺的狀態。

川嵐再出場，替代二睛的位置。這次我和川嵐擋出即傳，劉什麼再也拿不出辦法。與我們同級的「鬼」，差點要追上幾分，又被我們二人互傳突破了防線。有「鬼」要來攔截時，川嵐傳給已騰出空檔的凌宇，輕鬆得分。

劉什麼看來是要投降了，第四節最後兩分鐘，換了小學校隊上陣。

那天傍晚，伊蕾先請路途遙遠的日彤和二睛先回家，在更

衣室和我們回顧幾個關鍵球，然後預告下星期同樣時間同一學校再來比賽，最後說要跟我單獨談談。

我換好了衣服，走到體育室門外找她。

「你約了劉啟言，對吧。」劉啟言？對啊！他的名字是劉啟言。這兩個多月來，我怎麼一直記不起他的名字？

「我這個弟弟，為了爭勝，可能會要你說穿我們談的戰術。他正準備升讀大學，還參與了港隊青訓，和你們的情況有點不一樣。學校老師要他帶隊出賽，其實是知道他能應付學業和運動，讓他出去玩玩。像我們這種球員，很容易被那種人套話。你當心一些，一切要以球隊為重。希望你明白我的意思。」

伊蕾的話很長，長得令我差點記不住。讓我這麼完整地記住，全因劉什麼與我相處時的種種反應，好像印證了她堂姊、我教練的話。

她的意思其實是：小心這個男人。

這六個字，我早得了免疫。感謝早已離家消失、生死未卜的那個男人，他要家母辛苦工作養活家庭，讓我明白男人是個什麼物種的動物。

伊蕾知道我約了劉什麼，說話這麼深長，聽來是有備而來的。當我看見劉什麼坐在校外大榕樹下的石屎櫈上、一臉無辜的樣子，耳際自然地響起伊蕾的話語。

「為什麼你會在這裏？」那是我主動請他等我的，但我不

能讓他知道，我希望與他詳談的初衷。他當然會覺得奇怪，表達這次是我主動約的。然後我要否認「有嗎？沒有」。他想再澄清時，我就斬釘截鐵說「我沒有要你等我」。

他還是要表達這不是他主動約好，追問我在場邊跟他說的那句話是什麼意思。只要我堅持自己沒說過，他就會感到困擾。我再回應「有嗎？沒有」就打算離開。

他說他帶了與我相處個多月的籃球來，要送給我。

我終於猶豫起來。

這個籃球就像電視每年必會重播的電影《浩劫重生》（Cast Away）裏那個 Wilson 皮球，在我情緒最強烈的一段日子，我抱着它哭過、跟它傾訴過、練習運球時反覆拍打過⋯⋯它的主人雖是劉什麼，當下再想，他既然是個籃球員，這個籃球又怎會是他唯一的一個籃球？他願意借給我，只是方便他在屋邨球場隨時有人跟他嬉戲罷了。

這個是我最珍視的籃球，對他來說，只是他其中一個籃球吧。想到這裏，我又算是什麼？他有一支女子籃球隊讓他帶領、指揮，我就是一時找不到人生意義、在球場上遇到一個大哥哥來教我打籃球的屋邨女生。

那時，他說要帶這籃球來慶祝，這才令我冒火：一個與我結伴漂流大海的好朋友，它怎麼會來慶祝？好朋友看到我一切安好，怎會慶祝什麼，只會互相擁抱，慶幸終得安寧。

「你有那麼多女生可以教，你教她們教得幾乎要反勝我們，不就更值得慶祝嗎？」

我知道他不敢也不會追趕過來。

他根本不知道怎樣看待我。

6.3 婚紗

屋邨初秋微風混雜鐵道旁地盤工地沙粒吹到學校球場，忽來一陣疾風弄得正在上學途中的我們狼狽不堪，急忙按住裙子。我的校裙長度比其他同學長得誇張，是裙沿幾乎要碰到地上的那種誇張。

這裙子算是媽媽的許願，許願我快些長高，讓裙子回復正常長度。訓育主任曾經提示我，校裙不是越長越好，需要個適中的長度。媽媽則認為，裙的長度可隨時剪裁，裙子太長不犯規，若要來個所謂適中，長高了就變得太短，放裙也只能放幾厘米，補救不來。

結論是：在我們這種忽然長高的年歲裏，並沒有適中不適中，只有花錢不花錢。

於我而言，裙子越長，越可遮蓋我的腿子，媽媽許願與我的意願巧妙地契合，對於裙子長度，我半點意見也沒有。

班中好些男生不懷好意，暗笑我裙子像婚紗一樣長，說我每天都渴望和誰結婚。話傳到珀琪耳裏，幾乎笑足整個上學路程。

我說，一點也不好笑。在我的家庭裏，婚姻幾乎是個禁語，愛情也只是個幻想。珀琪則分享她家老夫少妻的處境，在街上

有時會被誤會跟着爺爺。看似完整的家庭，不見得比單親的更好。

她在安慰我，我是知道的。

同路碰見凌宇，她收起正在溫習的英文單詞小卡，跟我們打個招呼。她的個子太高了，裙子到了長度的極限，於她也只是尺寸適中。

我和她的身高相距 40 厘米，這到底是什麼概念呢？很難說得明白，只能說說我的視覺享受：抬頭看不見她的樣子，只看見她的下巴。

凌宇如常說着國語，說着 NBA 開季哪宗球員交易，珀琪說，那些譯名與我們平日聽的不同，凌宇聽後索性說英語，溝通方便多了。

她很嚮往中鋒主導球賽的那個年代，我聽着一堆球員的名字，無論譯名還是原名，我只聽得出她提到 Ewing 和 Shaq。她說，幾十年前的籃球世界，身高佔優就可主宰賽事，今日則以射手主導，連本來攻守籃下的中鋒都要跑出去投三分球，才稱得上十項全能。

我打了兩個月籃球，儘管努力溫習 NBA 球星的影片動態，也只能分辨出哪些動作怎樣做。不過，長得夠高的人，比長得矮小的人，看來有更多選擇？至少不用在籃下左閃右避。凌宇聽後，跑了幾步：「可是我們沒辦法選擇快跑。」

「快遲到了，我們也沒有選擇！跑吧！」珀琪跑第一，凌宇第二，我第三。

　　裙子長度讓我跑不動。這就是我喜歡穿褲子的原因。

6.4 男女

　　那是十月十六日，就在我見過劉什麼之後的第二個禮拜，屋邨種植常綠的喬木如常飄落綠葉，它們的「常綠」還是會變黃，更多的是在邊緣衰老，生出了像烤焦了的蔬菜食物，有了凹凸不平的鋸齒狀。

　　落葉掉落在球場上，與輪胎痕迹、榕果爆烈四散的遺迹交織在一起。工友清掃時，未有刮走那些可能導致地滑的污垢。

　　當天是賽季前最後一場友誼賽，比賽對象又是那間中小學的中學部，今次不是同級女生，也不是年級比我們大的女生，而是準備升讀大學的一群甲組男生。

　　伊蕾形容那是她最滿意的「作品」：「能與男生比賽，簡直是我的夢想！這群心思遲鈍的動物，在比賽時常有失誤。只要我們留心他們執行戰術時的漏洞，要戰勝他們，一點也不難！」

　　伊蕾沉醉在她的幻想，我則看到她口中的「遲鈍動物」群中，還是有一個我不想再遇見的人。

　　明明是放學時間，不知哪個走漏風聲，知道有一場男生鬥女生的友誼賽，平日泊滿車輛的球場竟然提早清空，還來了一群又一群「諸事八卦」的忽然觀眾，圍在球場邊緣坐在自己的

書包上，等待着一場史無前例的比賽。

比賽前，伊蕾要所有已換好校隊服裝的男女子代表，一同清潔球場上的污迹。伊蕾向每人派發清潔球場的工具和用品，然後人人都在場上爬跪着，刮走天然與人工創作出來的藝術畫。

劉什麼在遠處向我揮手，我裝作看不見。我們兩隊隊員只顧清理球場，場邊的忽然球迷或者不知道，我們平日也要做清潔工作，一邊用手機拍攝人類行為奇觀現象，一邊討論着什麼。

回想七八月的我，與場邊觀眾沒有兩樣：同樣不知道球員有多重視場地，同樣不知道球員不理對手強弱，同樣不知道球員為什麼要參加比賽。七八月的我，也想像不到十月的我會站在球場上，穿着印有新校校徽和自己名字的球衣。

「我看過上一場比賽，這個速度好高。」

「對面那個叫劉啟言的，好像是會『入樽』的。」

「怎麼會是男子籃球隊對上我們的女子隊？」

「伊蕾本來就是這間中小學畢業的。」

在耳語的汪洋裏，偶會浮起一小片、一小片廢木，有些是真的，有些是假的。

我負責清潔的空間已清理好，便站起來。

「嘩！這麼矮小！」

「她怎麼鬥得過男生！」

「聽說她們得罪了教練，這場比賽就是懲罰。」

　　這些廢木有時刺耳，有時惹笑。我們就在這等氣氛裏，開始了一場強弱懸殊的友誼賽。

01 如果記憶有刻度

7.1 飛行

　　小學升中之前的一兩個月，我們的成績不再需要呈分，教什麼、學什麼都不再影響升學結果，在這段神奇得出奇的日子裏，許多同學都結為情侶，試着模仿電影和電視劇的那種親密接觸，也模擬着街拍盛怒女生連環掌摑跪地男生的招式，在不用得分領取成績表的人生課上，豐富感情學習歷程。

　　當時的同學都喜歡分享那些未經證實的短片，漸漸形成爭相仿效的氣氛。回想當時，在我身邊出現了「爆旋陀螺男」這個類近男朋友的生物，或是與上述不幸現象有關。

　　以下問題就是小六的科學科老師發問的：人類會飛行嗎？「爆旋陀螺男」擺出他的招牌動作，站了起來回答：「只要旋轉速度高於某個刻度，人類自然就可飛行！」在這個沉悶無聊得事事準備留為紀念的六年級下學期，出現這等問答，真的浪費人類資源。

　　「同學的答案不算是對，也錯不了。」科學科一時淪為廢話課，實屬不幸。

　　我們在學校那種頗頹廢的日子裏分手。中學學期初的我，討厭所有旋轉的東西，討厭所有與「球」字相關的事物。想不到自從在屋邨籃球場亂打一通，到要認識練習並與劉什麼的籃

球相依為命的四十多天後，我竟已成為籃球校隊一員。

在那些記憶模糊的日子裏，劉什麼不再是劉什麼，而是有個確切的名字可以喚得出來了，我卻還是喜歡稱他為劉什麼。劉啟言的啟言，大致就是開口説話的意思吧。中一的我，實在不想再聽見他的聲音，就容許我繼續稱他為劉什麼吧。

「接下來，我們要攻擊這一點。」伊蕾在第一節初段叫了暫停，我看着劉什麼，劉什麼也看着我。他剛才的動作，是我從來沒有見過的。我還以為我在場球已見盡他的動作，還以為他已經把所有技術都教我了，沒想到他在空中停留得像飛行一樣，拉杆之後還可轉為正手投球的動作。他在空中轉身的動作，恰恰讓我想起「爆旋陀螺男」那個可笑的飛行回應。

我一直想躲過去的情景，竟由劉什麼完整地用身體實現出來了。

「劉什麼跑這邊，敏如就跑這邊。你的工作不是要攔住他，而是要搶走他的球。他會轉身或假身避開你，你就立即後退一步，往他小腿位置伸手過去。凌宇，你看到敏如與劉什麼一對一，就開步跑去對面，敏如會傳球給你。」伊蕾似乎看穿了他的動作？

「什麼劉什麼？」凌宇用她獨有的山東腔説這話。

「對面五號呀！」伊蕾的不耐煩，倒與劉什麼的有點相近：「川嵐不要只跑動，劉什麼已經知道你的路向，連你防守的路向都不讓你。你要停在底線三分線外等候，對手有個常常在那

位置等候接球的射手，試着要他儘早出手。」

才開局兩分鐘，我們已經落後十分。他們剛是全場緊盯，逼得我們頻頻傳失。只有兩球是由珀琪獨力避開封鎖，跑到前場時，他們已經在自己的後場佈防，堵住我們的進攻。

那時，我們只有防守的策略還可以談談而已。「做好一次防守，就有一次進攻機會。」沒想到伊蕾開啟了廢話模式，我也不在意了。我在意的，是劉什麼原來一直隱瞞着我，讓我還以為他教我的是他已知的一切。

7.2 定格

剛升上中一的日子，我任由我臉上的花園雜草叢生。

我無父的家庭和天生的身高，已讓我完整地放棄外貌協會的會籍，連後天修補都不會努力嘗試了，反正比我高的人都只會看到我的前額，不會看清我的樣貌吧。

半新不舊的同學難以理解我當時的狀態：雄性生物在我的家庭生態圈裏已在最初的時刻完成使命，到我獨立成人的五六歲，幼稚園要我繪畫的畫作，就只有媽媽在我身旁，連我們背後的那座小屋，我都只畫了一半。

在那個半新不舊、半死不活的狀態裏，我還曾為雄性生物寄予半點希望，就在劉什麼身上，看到「原來男人都不是很壞」，而且他還借我籃球，讓我有了個新朋友，每天跟新朋友一起擦過無數次籃板，還在我的腰間和胯下穿梭。等到他來教我控球、傳球、走動、投球，就連同場男生都發呆觀望我的動作，身邊多出來的這批男生，似乎也只像一般孩子單純，只想動動手腳玩玩籃球而已。

我看了看場邊的一些女生，她們竟然不知曾躲在哪裏化了粧，出來為友校正在打球的男生歡呼和尖叫，這群外貌協會成員效率高得有點不可思議。我倒沒時間看看她們的校裙為什麼

神奇到可以與上學時間行經訓育老師時的長度短了一吋，她們的腿子又為什麼進化到腳毛自動脫落。

我把心裏所有毒舌全部收起，專心跟從伊蕾的指示堵住劉什麼的路線，他卻在我面前準備起手跳投！我是明白的，我們在年齡和性別的差異畢竟太大了吧。他明明有那麼多方法打敗我們，為什麼偏偏要選一個我們無法比較的範圍來對付我？

我要追回我自出生以來失去的高度！

其時，我確實是看到他的表情，額角比上星期多了兩顆暗瘡，雙眉之間有一兩根白毛髮，頭髮在空中飄揚時的定格模式，令我忍不住再看看他的眼睛和嘴唇。

他如常地投球時嘴唇呼着一圈，可是眼神多了幾分驚恐。我們在空中停止下來，我看着他，他看着我。我也不知道跳起來到底有多高，只知身高一米五的我的指尖，已經碰到身高一米八的他要投出的球。

儘管沒有完全封阻他的跳投，但也已改變投球的方向，這時川嵐竟然從遠趕到我附近來，迎着籃球正在掉落的方向，往前一撥，凌宇就在球場中央跑着。

凌宇說過，她在故鄉已代表過學校打進全國大賽，早就學會控球和投球，還曾提名過縣級特訓，後來家人決定要移民香港，來到這個略近邊境的屋邨定居。

她帶着她的身世和球技，來到我們這支球隊，快攻得分。

7.3 可能

「什麼是不可能？所有不可能其實都是可能的；不可能，只是時間和空間的問題。」我原以為升讀中一，就可擺脫小六學期終的那種廢話時刻，沒想到綜合科學科在開學的兩星期，討論的竟然不是科學，而是「不知道什麼」學。

女生同學全都裝作留心，雙手在櫃桶訓練腦手協調，有的在用指頭觸覺來整理化粧盒，有的在貼指甲，就坐在我鄰座的幾位小姐，身高比我高出少許，卻能在自己的頭髮上幻變出新高度，讓她看起來與一般身高的人無異。

我早已剪短了頭髮，比起那些聲帶發育遲緩的同級男生，我有時也會被誤認為未發育的中一男生。就在那場比賽裏，我們一直輸着打，面對已經發育得七七八八的男子籃球隊，我們可以做的，非常有限。

就在我剛巧碰到劉什麼跳投的籃球後，連同川嵐撥傳、凌宇得分，場邊出奇地安靜，或仍在思索發生什麼事。我再沒有撿到任何耳語碎片，連鼓掌的聲音都消失掉，剩下來的只有伊蕾的喊話和劉什麼那支球隊的教練偶然發號施令。

穿六號球衣的是控衛，我和珀琪有好幾球差點就搶過去，可惜還是差一點點。伊蕾要我們關注的那一個空間，就在翼位

左側：「有好幾球，他們有人跑得慢了，走不到位，幾乎丟失。」我看守着的時候，劉什麼就出現在翼位，似乎是補充了隊友的失位？他在那位置加速跑往三分圈外，不用躍起就可投出三分球。

每次回想這場比賽，我只記得他們的號碼和位置。穿十號球衣的是大前鋒，在我記憶裏，他是沒有樣子的。我不知道我的記憶是不是只記住了劉什麼，沒有其他人。在比賽裏，我最希望做到的事情，是不讓劉什麼猜到我下一步要做什麼，可是這又怎麼可能？

我的每個動作，都是由他提供的。

而我偏偏記住了那些課堂裏的廢話：「所有不可能其實都是可能的，不可能只是時間和空間的問題。」想到這裏，我竟然有種恍然大悟的感覺。我在場上的每個動作，都需要掙脫他曾經的帶動，在時間上，我應該不可能在兩個月內獨立起來？在空間上，我或者可以試着不讓他看到？

可能嗎？不可能嗎？我掌握不來。這事我曾與珀琪提起過，尤其十月九日那天見過劉什麼之後，如果我與他在同一比賽遇上，我要用什麼方法，才可讓他看不見我？

「如果我們三人同場，最好的方法就是這樣。」她在上學路上，試了一次。

把不可能換成可能，可能嗎？

珀琪為我打開了時間和空間不可能的可能。

她趁劉什麼進攻補位再退出三分線外的一刻，站到我面前。劉什麼看不見我，打算站着投個三分球，我就閃身來到他面前，他整個身體震動了一下。他應該沒有忘記，我剛才原地跳起阻截他投球的那種相遇。看來是不會投球了吧。就在他搜尋隊友傳送時，六號和十號已被鎖上，底線三分圈川嵐也守住了射手，只剩一人站在他附近，珀琪卻已在最後一人前面張開手臂，不讓劉什麼輕易傳球。

就在他把球收到腰間來到小腿附近，我左手一伸出，球就飛到前場去。

我奮力跑出去，他拼命追過來。他的速度一點也不高，我則聽從他曾教導的做法，手快要碰到籃球時，輕輕撥出去吧。我追着籃球，已再聽不見他的腳步聲。

「我可以再跳高一點嗎？」想到這裏，籃球已離開我的指尖，我指尖的疼痛感，隨着一下聲響而更強烈。

後來，凌宇跟我說，那一球快攻上籃，我的手碰到了籃框。

7.4 時間

　　家母在米線店工作，由兼職換成全職，辭去兩份兼職，每晚回家都有一袋又一袋的現成食材。沒錯，這是米線店主管給她的。幾乎可以確定，米線店主管愛上了家母，正在用他的方式來照顧我們這一家。

　　我稱他為三哥，不是因為他在家的排名，而是家母和他工作地點的名稱。

　　不知道三哥知不知道，她未滿二十，我就出生了。那個男人在我四五歲就逃離現場，生死未卜。外婆住進我家兩三年，跟家母吵架吵得很烈，到我八歲時又走了。我也不知道自己是怎樣長大的，今天回憶中一開學或以前的日子，就只有籃球是最療癒的。

　　三哥向家母分享了串流平台戶口，讓家母無論上班、下班或休息，都可看到三哥在平台戶口展示的頭像，還有他看過的、可能感興趣的電影與劇集。

　　某天，家母發現三哥看了《星際啟示錄》（Interstellar），但只看了一半。於是她打開了，把時間軸回撥到電影公司徽號登場動畫。電影男主到了外太空，在不知多少光年以外的角落，經歷着與地球不一樣的時間。有次，他要到某星球做些什麼。

那座星球運行的時間，與他們在太空艙所在點的時間不同，只要他們一着陸，每經歷一秒，就等同太空艙上的不知多少天，地球時間也更長了。他們在星球只逗留幾分鐘，回到太空艙，就已經過了二十多年；地球運行的時間，就更長久了。

男主回到太空艙，收到來自地球的視像訊息，兒子從剛出生到他快畢業，不消幾秒就到另一段錄像，是他兒子都生了孩子。男主在外太空才幾年就當了爺爺。他在外太空錯失了家庭生活，錯失了自己的人生。

那天深夜，家母躲到我的牀哭着。天亮了，我醒來才發現她在旁。後來，她說，她看了那電影，電影那個男人要到外太空追尋他的夢想，代價就是要拋棄家庭，無法再看到他的家人。

她問三哥，為什麼電影只看了一半，三哥説，他猜到電影後來會怎樣，不敢看下去，覺得自己理想沒他那麼大，也不忍看到他犧牲與家人相處的結果。

她因為這場對話，接受了三哥後來的告白。

「所有不可能其實都是可能的；不可能，只是時間和空間的問題。」現在想來，老師這話並不準確。所謂時間和空間，所謂可能和不可能，其實是人的問題。

我的記憶橫跨了多少年，回到那段充滿疑惑的世界。我為記憶用文字漸漸填寫片段和顏色，那些滑過的畫面，那個被我按下暫停鍵的、在時間軸停止的一刻。

我撫着自己曾碰過球框的指甲，想起那些看起來不可能發生的事情，想起那場比賽發生後的校園生活。

　　到了家母和三哥來看我比賽的那天，已經歷了我和隊友一一成為朋友的日子。

08　沿途看到什麼風景

8.1 上陣

起初，我們的分牌相隔一段時間，才翻到另一數目字。

珀琪和我常常被四號與十一號「接待」，二人速度還是不及我們，突破全場緊盯防線，越來越容易，二三人湧過來的次數越來越少。

我看到劉什麼的隊友收起了最初的輕佻神情，再看我們的分牌也翻得越來越頻密。凌宇要對抗的對手十號，好像怕了我們，常常展露出「不好意思」的尷尬神情。

我們這就傳送給凌宇，就算迎來了二三人包夾，她也照樣抽高雙臂，靠到籃框附近投球，撞倒包夾的對手。

劉什麼看看只差八分的分牌，又看看伊蕾。伊蕾嘴角一彎，看一看我，打了個手勢，示意傳給川嵐。我轉臉過去，川嵐竟無人看管！我抽身一躍，從後腦用力擲出籃球，川嵐一下子接不穩，球往前跳，十號就迎上去了。

川嵐勉力接了球，可惜被十號補了位，四號也已趕來包夾。遠看川嵐咬住鬢髮，弓身在二人之間穿越，那時劉什麼趕回籃下，迅步起跳。沒錯，川嵐必會上籃的，他猜對了。

二人停在空中，臉孔靠得很近。

我站在原地，看到他們的相遇。

她拉杆，他伸手。她轉向，他縮起雙腿。她投籃，他試着攔阻。他們都返到地球了，球仍在半空被拋得高高的。那是川嵐為了躲過劉什麼的攔截而拋的球，到了籃框就轟的響了一聲，同時十號對手跳起來，撞開了日彤，把籃板球搶了過來。

　　六號對手已在前場，我仍在原地站着，看着川嵐和劉什麼，二人的臉幾乎互相碰上，嘴巴開開合合，好像說了什麼話。

　　在這個比賽裏，能與六號競跑的，就只有我。到他上籃得手，分牌開了個整數，我們就相差十分了。

　　伊蕾叫了暫停，第一句就是問我在幹什麼。

　　我不懂回答。

　　伊蕾要我站在場邊有好一段時間。到我再上陣的時候，比賽只剩下四分鐘，比數已經拋離至二十多分。

　　這已經不是男生和女生、高中和初中的區別。儘管劉什麼還是經常補位，在場的五人還是走完整個戰術。守住翼位的人，一旦少了我一個，那些比我們大部分人高出一截的籃球員，再沒有被抄截的顧慮。

　　我曾令場邊的人停止耳語，專心觀賽。我在場邊時，和我同一角度看着比賽的人，回復他們最初的態度。我曾做過的一切，他們似乎已不再記得。

　　伊蕾要我替換珀琪，即是說，我再沒有為我躲開劉什麼的最佳掩護。

「你可能不知道，劉什麼是我教出來的。」

伊蕾這話電擊了我。

她曾跟劉什麼說「我第一次看到，就想起你」，原來是說我當下所知道的技巧，其實都是伊蕾的技巧？她說的「你」是指劉什麼的動作，同時也在說一教一學的關係吧。這個「你」字其實就是說「由我教出來的你」吧。

自從伊蕾和劉什麼在球場打過招呼、告訴我她是他的堂姊，我有過一些想法，尤其她在訓練時示範的動作，有些小竅門根本就和劉什麼說的一模一樣，還以為是一般知識。

「他應該沒有教你這個？」她沒理會剛才叫了暫停、正在回場邊的球員，只管向我示範一套動作：「這只有女生面對男生時，才最見效的。」

我努力地──或說毫不費勁地──回憶劉什麼教過我的，可是這套動作中有些是男生不方便說的身體部位吧。劉什麼如果要教我的話，就要觸碰我。

他還沒有觸碰過我。

如果說有的話，或者就只有某天某次。

可是，我要上陣了，沒有容許我回憶的篇幅。我再沒有必要再說劉什麼。我很清楚，我身上的一切，當天開始，無需經由劉什麼間接地教我，一切都轉由伊蕾直接指導。

在我的記憶裏，球場只有劉什麼在幹什麼的畫面。那次以

後，我再往前場看的時候，他已是個沒有臉孔的人。每個置身球場的人，都只是會移動的物體。

我接下來的工作，就是追回分數。

球場上的各種界線提示着我們，這空間原是共享的：塗上黃色的界線是表示空間用作羽毛球隊訓練時的主要空間，藍色的是手球隊的，綠色的是排球隊的，白色的是籃球隊的。

我們是 C grade 女子籃球隊，編配到這個本來用作泊車的球場。男子籃球隊獲編入置在禮堂的室內場地，自從去年學校打入全港八強，學校就要女子籃球隊都力爭上游。

至今，我仍未弄明白，男女子籃球隊各自的排名有什麼關係，或者在許多不擅長體育運動的人來說，男子籃球和女子籃球都是籃球而已，這倒也解釋了學校原來一直用男子籃球隊才會用的大尺碼籃球，給女子隊來訓練。

當天用的籃球，就是女籃與男籃「共享」的籃球。儘管男女籃球尺寸只有一個指頭的差別，可是我們只要觸碰幾下，就知道那是男的還是女的。我們習慣了大一號的籃球觸感，與男生比賽，沒有籃球觸感的困難，他們也無需遷就我們用小一號的。

劉什麼的隊友看到我再上陣，不再全場緊盯，全隊都後退了不少，認真地緊盯我的隊友。來盯上我的四號離我有兩個身位。他看來是以為我會傳球，不斷左右顧着，其時所有傳球路

線早被封鎖。

那是我第一次沒有把籃球傳送給隊友、帶到前場直接投球。

這球是我在暑假練習了不知多少次的投籃，每次都練不好。如果不穿上運動內衣，這些投籃會投得較麻煩。開學第一周，我抱着的時裝雜誌，就有運動女生的專題，裏面有一篇寫到女生運動的裝束，才明白為什麼我練投總是練不好。

我剪掉長髮，買了運動內衣，便沒有練習過這種投籃方法了，隊友也沒看過我會這麼投的。

我默數八秒：零一——卜通卜通，零二——卜通卜通、零三——卜通卜通……內衣給我的緊束感傳遞着心的跳動，我數算到零七時，人已在對岸三分線外起手。六號要撲過來，可是已經遲了。

籃球在半空飛翔，飛到籃框附近，每人都在試着卡位，希望搶到這個籃板球。連場邊負責翻揭分牌的後備隊友，都沒有立即幫忙翻開新的分數。場內場外的人，仍在消化剛剛那一記三分球。到她們終於記得翻分牌的數目字，我又趨到三分線外，投出另一個三分。

分數回到十數分的距離，六號要來貼身守我，我頭顱捱着他小腹不斷壓過來的壓力，在左側借力右移便跑開了。那時，看到對岸剛出現的缺口，卻已有人來補，我再看不清那人是劉什麼還是誰了，再看凌宇移到空檔，又有人來封住傳送路線。倒是我擺脫了的六號還沒出現在我面前，如再投三分球，應可

追得更近？可是，我投了兩球，不保證全都可投進去的吧。

　　我沒再多想，前面有空間，就多投一球？我瞄一瞄場邊的伊蕾，她的頭迅速左右擺動搖了半下，垂下來的手，手指指向一角度。

　　我運球加速闖入限制區域，他們竟沒有攔截我，讓我輕鬆上籃。

　　後來，伊蕾說，那班男生當時只顧守住自己的位置，以為我還是會投球，就等着要爭籃板球，沒人想到我會切入。

8.3 場邊

那一球切入，劉什麼的隊友連想犯規都犯不了，趕到過來時，就只能撿起我剛進的球。

劉什麼隊友人人都在看分牌，我則只盯着籃球，等他們走位有點不順，就趕過去要追着他們拍着的球。

我在那場比賽投了四個三分球，完場前一分鐘，兩隊比數只在八分差，劉什麼被換出，讓他提早休息。場內再無人像他一樣隨時補位，他的隊友也不見得比他強。

川嵐又有一球切入，輕鬆上籃，對手教練叫了個暫停。伊蕾看來是要我們再追分數：「今次川嵐與敏如調換位置。川嵐試試做控衛，敏如在限制位置內外，用我教你的動作，出入幾次，並要留意川嵐。」

場邊的同校學生，早已收起剛才我不在場時的耳語紛紛。我不知道他們為什麼來看比賽，大約就是要看其他學校的男生？

現在，只要是我們持球，場邊就變得很安靜，好像已看得明白這場球賽的意義：這是剛入選的女子籃球隊，剛在不同學校來這間學校升讀中一的女生，對手是同一學校一起打球四五年的男子籃球隊。她們好像已經知道，我們面對的是年齡比我們大四五歲的男子籃球隊，當中還有準備升讀大學、曾在港隊

參與青訓的劉什麼。我不確定她們有沒有看明白、弄清楚我們要克服的是什麼。

我們能這麼加入一支球隊，當然沒有像 Blackpink 成員一般曾走過幾年刻苦的實習生涯、經歷公司多次遴選、試着與不同實習生組隊，最後才順利出道。

我們理應慢慢訓練才來比賽的。然而，代表學校出賽的團隊運動，從組成到作賽，往往只有兩個多月的時間。

現在想來，當年我們在這間學校加入一支因為男子籃球隊成績突飛猛進而增加了訓練時間的女子籃球隊，學校請了伊蕾擔任老師和教練，帶領我們在學期初幾場離奇的友誼賽，在這麼短促的時間內連結彼此。

我們看見凌宇在內線壓倒對手，看見川嵐如入無人之境，看見珀琪低下頭來衝破多個防線，二晴與日彤跟從伊蕾指示完成互相配合的戰術，這支球隊幾乎只有我們六人，輪替時間也不長，其餘二人不曾上陣。我們合力完成一節又一節比賽，每節比賽都像新的比賽一樣，看到對手不斷換戰術，想要攻我和珀琪最矮小的組合，對手甚至試過把球拋到前場，任由接應的球員追趕它。他們就是跑得不穩和不快，如果不是這些不自量力的愚蠢挑釁，我們也不會放下男女之別的困擾，那麼與他們搏鬥一番。

場邊那些因為友校男子籃球隊隊員入球就尖叫幾下的女生，有些還拿出一些好像是用作補粧的小盒子打開鏡子填補着

自己的不完美，她們又怎會知道，我們被那些長得像鋼鐵的籃球員毫不客氣地推撞着，我們又怎樣一次又一次守住陣地，拼命進攻與回防。

伊蕾後來跟我説，她察覺場邊的人，因我攔截了劉什麼的跳投而改變了態度。

到了最後一分鐘，我們拖着早已痠軟的腿子，期待着完場最後一秒鐘的來臨。

最後一分鐘，劉什麼在看什麼？最後一分鐘，我在想什麼？四個月後，我看着室內球場正在舉行的精英賽分牌，再看看大會比賽的分秒時計只剩下一分鐘，我想起那場本來強弱懸殊的比賽。

8.4 學界

　　學界賽季開始的第一場，我才明白伊蕾為什麼要安排我們對抗小學生和同級女生，然後越級挑戰甲組男子籃球隊。

　　那天是星期六早上，比賽場地是某運動場館和泳池外的室外籃球場，比學校籃球場整潔一些，場外有人走進來清理落葉；前夜有雨，他們還會清理水窪。回想在邨內的球場避開水窪的日子，有人照顧着場內種種細節，這就是學界比賽。

　　賽季首場對上同區的學校，她們只有六名球員，我們有八人，經常上陣的有六個，有換上球衣的球員，還是勉強足夠應付比賽的。我們才上陣，就被裁判員提示「衣着」，那是川嵐用作束起鬢髮的頭飾。「小姐，這可不是時裝表演。」裁判員當然不知道那其實是川嵐的習慣，要咬住它才打得順。

　　我們排成一行，給裁判員檢查身上裝備有沒有違反守則的物品，還要檢查指甲長度。

　　賽前，伊蕾再叮囑我們真要熟記場內方位，她會高喊代號，不會用平日大家都聽得明白的英文字母和數目字。那是教練層面的戰爭，不讓對手立即知道自己的戰術。

　　對手和我們的身高差異頗大，除了那位打中鋒的，其餘球員身高竟和我沒差太多，看來不會太難纏？伊蕾提醒：「我知

道你們現在想什麼。你們覺得比較身高之後，就猜到這場比賽不難打，對嗎？」她要我們回想，在剛剛過去的友賽對手，對方都曾像我們現在一樣，覺得可以輕易取勝：「身高不會是現代籃球的優勢。大家要記住，我們以這種身高，與男甲比賽也可差點勝出。同樣，以她們的身高，大可與我們比試速度。」

我牢牢記住伊蕾的話。她的意思是，我們要時刻記住那段經歷，看輕別人，就是看輕自己。

誰會料到，比賽一開始，就有了兩次技術犯規。

川嵐咬住鬢髮，被吹罰技術犯規。

伊蕾抗議：「那麼佐敦吐舌又是不是 T foul？」又吃了一記技術犯規。

對手一共兩球罰球，全都投空。

伊蕾看來早就知道川嵐這個習慣是會踏進賽規的灰色地帶？她立即打了手號，示意要川嵐和我對調位置，控球到前場就要組織隊友，恰當傳送。沒想到的是，她運球到了葫蘆頂，竟直接切入。

我們看到她上籃前咬牙切齒的怪表情，笑了出來。如果這裏有機動遊戲拍照留念的照相機，這一張應會在網路瘋傳，還會被改為「嚇倒俺了」的 meme 圖。

她看來已經把握了替代鬢髮的東西：自己的牙齒。

川嵐投的球，進了籃框。

伊蕾高喊「全場緊盯」的指令代碼，珀琪和我立即留在前場，收緊防線，把球抄截過來。凌宇在中圈位置停止回防，轉身跑到限制區域，接應我們的傳送，四比零領先。看看伊蕾打了「回復」的手勢、要我們回到後場防守時，我們已領先十八比零，對方的暫停次數也用盡了。

09 我們都是同類

9.1 數學

「根據由大至小的次序，在同一條直線上排列數目字，標示位置，我們稱那條直線為——數線。」數學老師說的話，似是常識，又不是常識。

中一數學課，比小學時代的數學，有了更多要用文字描述才會令人明白的理論。簡單一條直線，一經過數學老師的講解，就不再是一條簡單的線，而是記錄着許多數學理論秘密的一個線狀圖形似的東西。

不過，就因為老師每一課說的幾句話，讓我更專心地在數學專用的格子練習簿上，畫了許多個籃球場，每個格子都是數線上的一個刻度。我在上面畫了十月幾場比賽球員的走動位置。伊蕾給我們的那本電子手冊記載了許多個籃球戰術符號，我把它們逐一記在球場上：圓點代表我們，三角形代表敵人；箭頭連着鋸齒線是運球，箭頭連着虛線是傳球，箭頭連着實線的是無球跑動。

珀琪看到我在畫籃球場，看了看數學老師，看來是沒有看到我在做什麼：「她在關注坐在後排的，你放心畫。」她這麼說，反而令我更在意，還是不要放在桌面上較好，把格子練習簿收在櫃桶，心裏默想着伊蕾發出了那個手勢，在我想像的球場上，代表珀琪的圓點正在向翼位切入，畫成一條鋸齒線，同時代表

川嵐的圓點正在底線三分線外等候。下一頁格子紙上，就是川嵐沿實線跑到限制區域內，接應虛線箭頭顯示的傳送，便可順勢上籃。

小息時，我拿出格子簿，把剛剛構想的過程畫出來，給珀琪看看：「這種打法太普通了，應該要在這裏加一個人。」她在翼位畫了一個代表我的圓點：「留意這一球，我不會傳給川嵐，讓她自己在底線跑過限制區域。你看到我切入，就要跑出翼位的三分線。我會傳給你，然後你再切入，讓兩個防守我們的人很忙很忙，這樣大小前鋒都會來幫忙，這時川嵐就有空檔了。」

自那天起，珀琪和我在上學途中，有了新的討論：如果我們同時上陣，我們要怎樣做，伊蕾才會接受我們的建議？我們已經熟讀她給我們電子手冊，我們真的背了每個規則、符號和術語，還把它們一個個記錄在格子練習簿裏。

就在某個訓練日之前的一個小息，我和珀琪拿着寫得滿滿的格子簿，一起到教員室找伊蕾，門外站着一個男生，提起右腿充作桌子，這張人肉桌子上放了一本簿，像那些在街頭表演特殊技能的人，寫着一堆看似算式的數目字。他站着的位置正巧就在門外對答機前。

「同學，可以借過嗎？」我們有禮地問。

「你們看不見我正在忙着嗎？」他垂下他頗長的頭髮，寫着寫着。

「那麼，請問可不可以幫忙按一按對答機的按鈕？讓我們

可以叫老師出來。」

　　他抬了抬頭，眼鏡快要跌到嘴巴，回答一句「不可以」，又繼續寫着。

　　那時，伊蕾剛巧出來，不知道是大門颳的風吹跌了，還是他失了平衡力，數學簿跌在地上了。

　　伊蕾看到地上的簿子，腳步躲開了它，發現了我們：「咦？你們怎麼了？」

　　我們本來想給她看看格子簿，可是剛剛掉在地上的數學簿，張開來的那一頁，竟然是籃球場與記號。珀琪比我更好奇，立即撿起來看看。我則把我的格子簿交給伊蕾，問她意見。

　　「不准看別人的東西！」那個男生要搶回自己的數學簿，未搶到手就先把它合起來，不想我們看見內容，像個被人搶走玩具的小孩。

9.2 鴨舌

第一場分區比賽，伊蕾用了我在格子簿裏的戰術，鎖死對手的得分位置。珀琪和我不斷擾亂對方防線，凌宇和川嵐得分最高，珀琪和我傳送了不少好球，二晴和日彤輪替，勝出了第一場學界比賽。

就在比賽快結束的兩分鐘，有個矮小的、穿運動服的男生走進場內，在這場女子籃球比賽的場內，大多是女生。那個男生戴着鴨舌帽和太陽眼鏡，像個迷你版本的網球員似的。他竟坐在我們的場邊，跟伊蕾打了招呼，就不客氣地坐在我們的「球隊席區」，還被伊蕾拍打了他帽子前的鴨舌。

場內響起完場的笛聲，比賽結束，我把籃球還給裁判，列隊鞠躬。完成所有禮儀後，我們退回場邊，沒有什麼慶祝動作。自從與男生比賽後，我們已經清楚知道，我們可以走得很遠。不管那些男生用什麼心態、出了幾多力來比賽，用伊蕾的説法是，只要我們多做體能訓練，學界能與我們比拼的學校，就只在二十間之內：「區內許多學校的籃球校隊，都是為湊夠人數。我們這一隊，跨級跨界比賽也已有不錯的積分，應該沒問題的。」

我們的確沒有太關注這場比賽。場邊出現一個男生，反而引起了其他球隊的關注，剛比完賽的幾間學校，也許已知道區內隊伍大致情況——加入校隊只為刷課外活動的分數，應不在少

數？後來，我回想這場比賽後的時分，烈日當空，的確需要一頂鴨舌帽？在回憶裏擺動着的鏡頭，我看到許多球員都看過來，那個男生的矮小，反倒令他引來更多目光。

伊蕾宣布解散後，我們揹着行裝，橫跨其餘兩個球場的場邊，步出球場範圍。我記得他與伊蕾邊走邊聊，他還拿着一本簿，翻着翻着，伊蕾點着頭。後來才知道，他就是在教員室門外疑似被罰站的那個男生，他在寫的東西，原來是另一學校的數據。他是伊蕾任教中二某班的學生，他的高度和我一樣，被伊蕾安排去某區賽事，記錄她們的數據。

他和伊蕾好像已談好了，走上來跟珀琪和我打招呼：「又是你們兩個。怎麼了，拿了多少分？」

「打籃球不是為了得分吧。」珀琪秒回。

「打籃球不是為了得分，又是為了什麼？」他這個看來是鬧着玩的提問，倒又考起了我。

起初，我是為了忘記一個人，才來打籃球。後來，因為來了打籃球，認識了一個又一個男生，他們從來不讓女生，在這個所謂街場拼個你死我活。劉什麼借我籃球，又開始指導我，讓我每天都期待着他來到球場的時刻，遠看他從屋邨商場一個接駁天橋的位置出現，就看到他向我揮手。沒想到，兩個月後，伊蕾告訴我，劉什麼是她指導的。換言之，我向劉什麼學習過的，其實是劉什麼向伊蕾學習過的。這到底是個什麼關係？

如果沒有劉什麼，我來參與校隊選拔的事，根本是不會發

生的。

　　我能加入校隊，正式在分區賽出賽，全因劉什麼的指導。在他的指導裏，倒也真的沒有強調過，在籃球比賽中，自己的得分有多重要。他強調的是開拓隊友可投球的空間，這正是伊蕾吩咐我的。

　　第一場比賽，我連一分都沒有。可是，珀琪和我的合作，讓各個隊友都有更好的空間起手，這就是我們的工作吧。

　　在我猶豫了一下，好像想通了些什麼時，才問他：「你來到球場但不打球，又是為了什麼？」說後，立即望一望珀琪，珀琪看來知道我在想什麼了。

　　「誰說我不會打球！給我籃球！快！」

　　珀琪趁他抬頭張口高呼「快」的時候，往他的鴨舌拍去，拍走了他的帽子。帽子停在半空，我立即伸手搶去，珀琪把籃球塞到他的懷裏。

　　他狼狽地抱住籃球，怕它跌下來，也沒空去理會鴨舌帽，抬起球來，只管擺出一個很難看的投球姿勢，證明他是會打籃球的人。

9.3 活躍

　　八月一場過雲雨，下得很猛，我坐在球場旁簷篷下石屎看台避雨，簷篷上伸出不知名喬木的枝葉，雨水在它們身上凝聚，落下來時，衝擊到我跟前的地板位置，濺起更大的水花。

　　那時，我還沒有把頭髮剪短。束長髮打球真的不方便，雨水沿頭髮流到髮端滴落滴落。垂着頭，我旁又有一場雨要下，弄濕了劉什麼借給我那個外皮已磨蝕得像絨毛一樣的籃球。濕了一片的着了色，沒有沾濕的淺色一片，一深一淺，一片一片的間隔着，像地球儀上陸地與海洋的分佈。

　　我等着停雨，雨卻沒有停；我等着劉什麼，劉什麼卻沒有來。或者，他們打球的男生，早就有了共識：下雨不打球。

　　就在我想離開的那幾分鐘，球場上來了個冒雨打球的小孩，他和我一樣高，在用很難看的姿勢投球。大雨灑在他投的球，球沿旋轉帶動水點成了水花，遠看還真像陀螺。我心又抽動了一下，想起小六最糊塗的時光。

　　那個小孩的高度和我差不多，卻因他在雨中投籃，讓我記住他的投球動作，心想，千萬不要像他那樣投，難看極了。我忍不住走進雨裏，雨打在臉上有點狠，狠得有點痛。我聳起肩跐着腳走過去，雨大得很吵耳，我高聲跟他說：「球不是這樣

投的！」雨大得讓我吞了些雨水。

「阿姨！你來管誰！」他不等我回答就再投一球，那一球碰了籃框，撞到籃板，回彈到他的臉，雨實在太大了，他想躲開時，已中了他的臉。

「哪來的阿姨！害我投不進了！」

當時，我真的以為他是小孩子，沒怪他喚我「阿姨」。

回想在雨中打球的「小孩」，動作和鴨舌男的竟然幾乎一樣：「原來你就是在禾園邨那個冒雨打球的小孩！」

他撿回剛投出的球，來到我跟前靠近我的臉看了又看：「咦？你是那個亂拋籃球的阿姨？」

我開學才剪短頭髮，到第一場比賽完結的那天，他終於認得我。

後來才知道，他一直有看我們比賽，只是沒有認出我來。

「你幾時學會打籃球的？」鴨舌男應該是想到我不會打籃球的樣子，擺出難以置信的表情來。這麼一問，數來數去，也就是幾個月？誰有空數着自己學什麼、學多久。

來到學界分區賽前，我們跟隨伊蕾學習的就是，不理會其他人的目光，來到球場就只有球場的事。

「你是幾時來到我們的球隊做記錄的？」他問我們一句，我們又反問他一句。

他從我手上搶回帽子：「你們幾時打下一場比賽？」如果他是負責我們球隊的場邊記錄員，怎會不知道賽程？他這是明知故問了。

「你剛才給伊蕾看什麼？你那本簿為什麼不能給我們看？」珀琪追問。

我們就這麼沒完沒了，不等對方回答，又追加問題，眨眼就回到邨口。

我們三人問來問去，連再見也沒說。

上學日，珀琪和我走在上學路上，看到鴨舌男在揮手。

「阿姨早安！」他的惡行，令我想起爆旋陀螺男。

他問我們，有沒有聽過「三人行必有阿姨」？

我們立即跑開了。

他追不上來。

9.4 緩慢

在我未出生的年代，明愛是暗戀補習社，中二是病。來到我的小學階段，科目三是一支舞蹈，花花舞曲取代校歌。

我看不懂，但我大受震撼。

尚志是鴨舌男的名字，名字有點韓國感覺。他是中二學生，性格一如他就讀的年級，就是「中二病」。

自從第一場學界比賽後，珀琪和我多了個一同上學的伙伴，才知道學校安排了伊蕾擔任他的指定老師。

「醫生說我這不算是病，只是比其他人活躍。」我本來想取笑他很中二，看來與「病」相關的詞，都不適合拿來取笑別人了。

他覺得他不大適合在這個世界生活——這個世界的時間過得太慢，所有事情都趕不上他的速度。

那天我看到他冒雨打球，原來不是在裝酷，而是他真的預感快要停雨，等不到轉晴，才不理雨下得多大，不等晴天的到來。

這個世界只有紙和筆，才可讓他感受另一世界的正常速度。

他發現這個「另一世界」，就是我們第一場友誼賽開始的

時候。

他說，他看到有個女生竟然跑得那麼快，不斷快攻得手，覺得那才是他所知的世界：在高速運行的世界裏，只有他和那個球員是一致的。於是，他開始在練習簿上畫着，假想那個女生在比賽。

到他真切地看到她比賽時，就為他幻想中的球賽，加上真實情節：運球、傳送、無球走動 …… 他打開伊蕾給他的電子手冊，開始運用正規的記號來記錄。

他沒有說，那個女生是我。

我們都知道，她就是我。

他知道我和他其實也有相近的特質：我們不滿意這個世界的速度，我們不滿意大人給予的所有配置。

吸引他的是，昔日的我在禾園邨那個球場裏亂擲籃球的球速，他看到新近的我在友誼賽上運球跑到前場。

他用圓點來記錄我在另一世界的行動，又畫上不同的箭頭，指令我跑到空檔接應。

接下來，伊蕾委派他到另一場賽事記錄和整理數據；他回來報告時，我們就這麼正式遇見了。

他說，每場比賽的每個動態，他都能牢記在心，然後回家把所有出現過的畫面，用這種方式記錄下來。

他用緩慢的方法來記錄變化多端的運動世界，而每一頁的

真實時間，可能只是一兩秒。

他說，只要他繼續記錄下去，便可以把整個球季的比賽，用高速翻頁的方式，像動畫一樣，看到每個圓點和三角形記號在紙上跑動，也像舊時代的動畫，有人一筆一畫地、一頁一頁地繪畫出人物姿態，用紙頁翻出來的影像說故事。

一個不等答案就不斷問下一個問題的人，一個等不到晴天就在雨裏等待的人，正在看着我們比賽。

自此，場邊多了一個我會看會望的人。

他的名字叫尚志。

8　走進一個不再說再見的地方

校內第一學期考試，數學老師明言那是為了我們在適應中學生活的時期，獲得較大的滿足感，調節了應試程度，讓我們較輕鬆地過關，這倒也方便了我們可花更多時間來訓練。我沒想到的是，數學評估遠比學界籃球比賽輕易。試卷上的答案，對錯分明；球場上的對錯，難以說清。

球場有許多條線，每條線代表着不同運動項目的界線，暗示有些線是不能超越的。一旦超越了，裁判員便會來判罰。

那是有形的線。

在一場看似簡單的賽事裏，十個人爭着一個皮球，大家已記住的規則，就是無時無刻都綑綁着我們的線，例如運動時手掌向上再拍球會當作非法持球走動，例如我們要持球跑動的話，不計起跳的所謂半步，就只能限兩步 ......

在種種無形的界線之間，伊蕾說，這與所有運動項目一樣，最終決定的人，只有當場的裁判員：「影響他們執法的是兩隊的體型差異和戰術操作，那都是隨機發生、無法預知的狀況。NBA 裁判員的判斷，都經常被討論。他們幾乎每場賽事都有爭議球，何況我們這種比賽……」沒想到，那許多的「界線」原來會因應不同處境而改變，我們認為的「正確」和他們認為的

「正確」，也未必一致。

第二場學界分區比賽，我們來到戶外場地，灰濛濛的天終於下起雨來。

戴有主辦標記掛繩的工作人員沒有撐傘，來跟伊蕾說了幾句，伊蕾就向我們招手，指向旁邊的室內運動場。

我們因雨改為室內舉行，屋邨球場、學校球場那種硬地，換成柚木地板；拔地而立的籃球架，換成鑲嵌在運動場館內的懸置鐵架、透明的籃板，這讓我有點手足無措，也比平日更緊張了。

我試着拍打籃球，回彈到指尖的是曾迴盪在整個場館的震感。那種陌生感，讓我有着說不出來的不安。我看一看伊蕾，本想跟她說說我的不安，豈知她神情看來比我感覺的更不安。她視線擺脫不了那個裁判員，那個裁判員笑得有夠詭異。

伊蕾後來問我們，什麼才算是「正確」呢？「不正確」要到哪種程度才會被罰呢？這真的要靠我們自己判斷。

比賽一開始，各式各樣的吹罰，簡直是「裁判手號」博覽會：

　　歡迎各位嘉賓出席這個博覽會，今日為大家導賞的是中一某班的我，大家可以叫我敏如。請大家安靜一下——聽見嗎？那是多麼親切動人的哨子聲！大家快來看看！裁判員這個手號，就是「反手運球」，是種「不合法運球」。讓我向大家澄清：街場有個謠言，指這個規則早已取消，許多臨時球員或者不知道，國

119

際賽例一直保留着這個規則，就是不容許球員在運球過程中，手掌方位向天。剛被判罰的球員，看她表情就知道他並不認同這次判罰，那是因為她手掌不算太大，手腕卻比人靈活，才讓裁判員誤以為是反手運球。這場博覽會本來還有其他展品，隨着響個不停的哨子聲，博覽會決定暫停展覽。

另一位裁判員忍不住，抓住那位裁判員的手臂，在他耳邊說了幾句話，接下來的比賽，才有較合理的裁決，比賽也得以繼續下去。

我的身高明明比別人矮，我做了什麼動作，裁判員不是應該看得更清楚嗎？

伊蕾提前換走我，我坐在球隊席區。「你沒有做錯。許多年前，我曾經在一場比賽和那個裁判員爭執，他明顯是記得我的。」現在想來，那只是伊蕾猜想而已。

那場比賽在陌生的室內回聲裏結束，在沒有我的球場上，我們還是大比數勝出。

那天之後的每場比賽，我再看不到那位裁判員。

聽說，多名曾與他有仇隙的教練，向主辦方申訴他各種不合常態的行為，他終被取消了裁判員資格。

10.2 問題

　　在尚志記錄的那個世界裏，我消失了好一段時間。

　　我以為我再不是他世界裏的點與線。

　　我有幾次想開口說，我已準備好了、我覺得那一球可以傳送得更好、如果我傳送的話，會傳到那邊……最終還是吞回肚裏。

　　伊蕾在第二場比賽前說，我們已成為某校盯死了的隊伍，知道我們不久就會遇上某校。她口中的某校，男女子籃球隊都是劉什麼學校的宿敵。原來他們早在球季開賽前已聽過我們的事，尤其與 A grade 男子隊打了一場只差幾分的比賽，那是個只有尚志記錄下來的紀錄。

　　對某校來說，劉什麼已經夠強大了。他們整支球隊看起來像是一般高中生，落場跑動速度又不高，可是他們執行的戰術有多壞，總有劉什麼補上，填滿整個進攻與防守的程序。

　　我是第三場的觀眾，看着珀琪的各種傳送，看着川嵐咬牙切齒進攻得手，看着二晴投進和投失的球，看着日彤用她的臂展開優勢搶盡所有籃板球，看着凌宇幾乎無人能敵。

　　那是初賽的最後一場。如要打複賽，下一場比賽就要等兩個月了。

我成為場邊的人。

我沒有問伊蕾，伊蕾也沒有說更多。

我鼓起勇氣，終於回到我要掙脫小六記憶的球場，希望它再為我找到答案。

劉什麼忙着學界球季，一定不會來這裏的吧。

我拍打伊蕾借我的籃球，站在罰球線上，回想第三場第二節珀琪走到這個位置時受困於二人夾擊，回想第三場第三節川嵐就在這位置後仰跳投，第三場第四節一次跳球時凌宇拔地一躍……我看着曾被我轟得慘烈的籃板，籃球架後被植了好些年的小型灌木叢，枝葉間流動着後面人行道鐵絲網外的行人身影。

我就這樣投着，沒有一球能投得進。伊蕾知道了我想得太多，對吧。我練習運球。是我被裁判員吹罰了反手運球，伊蕾也真的認為我反手運球，對吧。尚志認識了我，她看到我拍走他的鴨舌帽，怕我上場顧着看場邊，連我坐在場邊，她都故意坐在我們之間，對吧。我跑去撿回投失的球，是我跑得太快了，沒有配合球隊的節奏，對吧。

球場上越來越多男生投籃，幾個籃球同時落到球框，煙花一樣彈到空中。有些男生，我是見過的，跟我說他們要移民了，這幾天把握時間多打幾場。有不曾見過的，說着國語、英語的。

不多久，我們就圍成一圈猜拳決定誰跟誰組成一隊。有個男生好像有點不好意思，問我知道發生什麼事嗎，又問我確定

了嗎。這什麼年代，簡直是歧視。我笑了笑，說「走着瞧」，他才放心。

我們三隊輪流投罰球，看哪兩隊首先比賽。

有一隊命中了，另一隊碰到框邊彈出。

我跟兩個臨時隊友說，我來投吧。

我在罰球線前，閉起眼睛，跟自己說：終於有比賽了。我要專心比賽。張開雙眼，看到籃框竟然比之前的更接近了，我不確定那是視力還是念力，雙手自然地抬起來，球就好像有一根繩子牽着，被拉到籃框中央，嗖的一聲，投進了。

臨時隊友張開口，沒想到我會投進。我自己也沒想到投得進去。

10.3 啟言

他們人人都張大嘴巴。

在我看來，全都是很普通的傳送。

我傳送的方位，剛好是臨時隊友將要跑到的。這一球，我加了些迴旋力，籃球回彈剛好就是他可接住的。他竟然不知要上籃還是回傳，運球到圈外，用很奇怪的手勢回傳給我。

我瞪着他，怪他白白浪費了我的傳送。

盯着我的對手，似乎覺得防守女生要保持安全距離，我這也不客氣，腿一拔起，身體就擦過了他的腰間。左腳一跳，我看着我的掌紋，籃球就已在籃框內。

在我看來，這只是很普通的投籃。

曾見過我的，説我短髮更清爽，説我球技又有了進步。

不曾見面的，張開嘴巴卻無話可説。

我不知道自己感覺的是不是錯覺：我真的感到籃框更接近自己了。為了再確認，加上臨時隊友似乎連打球也很臨時，索性自己投籃，籃球又穿過籃網。

對手開始認真防守，也自行取消了男女之別，靠得很近。

我左肩貼着對手的胸膛，保護手上的球，準備超越他。

他似乎已經知道我要起步，身體沉了一沉，馬步很穩當。

我把籃球像古老大笨鐘的鐘擺，從右擺到左，靠近他的右腿，察覺他猶豫一下，便換左手運球，右腿跨步向前。

他的隊友竟已來到我面前，我立即把球拍到右邊無人方位，左腿彈跳到籃球要到達的地方，接球就起跳，籃框又離我更近了。

那是我第一次在比賽裏跳投，飄在空中的感覺真好，能多想一會才決定投籃的高度。

籃球投進去了，沒有人去撿球，他們圍住了我，問我是不是已經中學畢業，現在效力哪支球隊，真夠誇張。我說我的學校名，他們的「哦」聲往上揚，恍然大悟似的，開始說起我們與男生比賽的那一場比賽。

原來他們都知道曾有過那場比賽。

「你就是那個跑很快的人吧。」

「上次看到你時，你是跟着劉啟言練習的。」

「你的學校是不是有個叫伊蕾的教練？她曾是港隊成員。」

「凌宇是我的同學。她竟是你的隊友？」

我們六人開始聊起來，無人介意發不發球。正在等下一場比賽的三人在場外叫嚷：「喂！發球呀！我們在等着呀！」

我們這才再開始。

他們知道了我的事，人人像着了魔一樣，好像要來把我打敗的樣子。

我仍舊穿越他們，用了劉什麼教我的，也用了伊蕾教我的，在那個時段的這個球場內，暫未有人防得住我。

那時，場外好像多了一個人在站着，在我又再投進一球後、自己投球自己撿，看了一看，原來是他。

「你在這裏幹什麼。」

「你又在這裏幹什麼。」

「你不是要訓練的嗎？」

「你也不是要訓練的嗎？」

「我在家的窗戶看到。」他指向一座大廈：「看到有個人好像有點厲害，才來看看。原來是你。」

原來他住在那裏。那麼，那些日子，他會不會也在看着我？為什麼他到現在才告訴我，他就在這附近生活？可是，現在我已沒時間掛着這些問號。

「你還要打嗎？」

「不了。我來看你。」

我沒有忘記伊蕾的提醒：他是來看我的打法，還要來打探我們球隊的近況。

看來，他完全不知道我「被缺席」第三場賽事。

10.4 堅持

　　我們要怎樣定義失敗？「沒有堅持到最後的認輸」，就是失敗。網絡流傳着這句至理名言，來自台灣的東山高中畢業生林奕廷的畢業致辭。

　　二晴把對手三號球員已摘到的籃板球，硬生生地搶了過來。這個被搶球的三號球員是鄰校學生，名叫洛如，和我名字只差一字。我們常常在上學路途遇見，打完招呼，還會交換學校趣聞，許多很假的新聞，假得很真實的；許多真的新聞，真得像假的。一樣的故事，出自洛如的嘴巴，就有很奇特的效果，再真實的新聞，由她說出來，就變得更令人難以置信。

　　聽洛如說，她學校去年分組賽已出局，比幾多場，輸幾多場。今年有她加入，她說，希望取得這區的第一名後，我們仍是朋友。這當然是個玩笑，開得有點大，珀琪和我則有點尷尬，不知怎樣回應才好。幸好尚志那時衝過來，為大家打了個圓場。

　　洛如坐在地上，我沒有時間看她，接應了二晴的傳送，就趕上前場，立即產生了五人對四人的優勢，稍看川嵐的方位，然後傳到站在翼位的日彤，那時二晴已來到翼位另一端，準備衝搶籃板。

　　日彤快投得手後，洛如才喘着氣跑回她自己的後場。我沒

有看她，自顧自回防。

初賽，我們首名出線了。來到複賽淘汰賽，伊蕾會用我嗎？這已是兩個月後的事了。兩個月前的那場初賽最後一戰，原來鄰校派了幾名學生來錄影。我不知道伊蕾怎會認得出鄰校女生，但她清楚知道，如到了複賽，大有可能遇上鄰校。

我們如常每周一練，訓練時幾乎沒有碰過籃球，就是練習無球走動而已。我在禾園邨那個球場不斷與陌生人比賽，回到暑假那段日子的模式，不停挑戰男生，練好了拉杆動作，還有個肥伯伯看我腳掌比一般女生的大，走過來說，要教我怎樣才可再跳得高一些，叫我回家練習。

看他的樣子，還以為他是個怪叔叔。如果不是有個嬸嬸在他旁，才不會跟他談半句。

我說，我只想長高，不想跳更高。

他說，他年輕的時候，就靠這個方法，跳更高，也長更高。

夕陽又照到邨裏，他頭蓋脫了一半的髮，反射着日光。如果這是電影情節，一段表達偉大的古典樂已經奏起，然後讓我看到他那個被聖光包圍的禿頭。

今場珀琪沒有出場，我自行游走。以往第八秒就會傳球，伊蕾要我到第十四五秒才傳出，讓隊友走熟那些無球走動的戰術。那些戰術，已經不是我在數學課填寫的幻想圖像，而是伊蕾看準凌宇、二晴和日彤充沛的身體優勢，要敵方提早消耗精

神和體力。

　　洛如的確為學校提高了分組賽的積分，獲得分組賽首名出線，可惜到了複賽，對手是我們。她也說過，看了賽程，知道要與我們打一場，就猜到會有什麼結果。「你們的十號其實已經可以得到所有分數了。如果由我們學校的教練來編排，一定會集中在她身上。」她已聽過伊蕾的故事，又不知她的消息來源了。

　　伊蕾沒有為凌宇度身訂造一套戰術，只是因應情況，如對手沒有身高優勢，就給凌宇多一些進攻時間。

　　洛如的隊伍落後太多分數，她們已經沒有力氣應付我們。完場時，她們列隊，我們握手。

　　「早就說過了。」她跟我悄悄打個眼色，低聲說了句話。

　　她認輸了，但她並不失敗。

11　努力忘記也忘不了的事

11.1 引力

　　球隊進入複賽後，學校球場再沒有汽車停泊在球場上，我們訓練的日子也多了，場邊越來越多人來看。

　　伊蕾要我們做更多體能訓練，還找來她在港隊的朋友指導我們，提示了許多只有打過大賽的球員才知道的「密碼」。二晴和日彤聽不明白的一些粵語，珀琪和川嵐在旁翻譯，尚志則在勤快地記錄着，我聽不明白的一些術語，也有問他。只有凌宇一直默默聽着。

　　在她認知的籃球世界裏，仍是以中鋒為攻守核心。伊蕾朋友說的，卻是另一種模式，也接近伊蕾其時主張的戰術。後來，凌宇在某個小息來到課室門口，等珀琪和我走出來，談到我們在網上影片看到的名宿怎樣攻守，發現不少名宿其實曾被比他們矮小的球員封阻，更多的是近二十年流行的中鋒跑到三分圈外投球。

　　「中鋒這個位置，還有什麼意義？」凌宇終於說出來了。

　　那刻，我們無論說什麼，都會被理解為安慰。珀琪或者已知道，再說什麼也不會為凌宇解憂，於是說了一個「航海家一號」的故事：1970年代發射的太空探測器，仍在太陽系航行着。它本來的任務是探測土星和木星，完成任務後，就會漂流在宇

宙裏。後來，因為不同星體的引力，竟讓它可走得更遠。昔日年輕的操作員，今日已是長者。沒想到，今日工程師會用幾十年前設定的程式，憑着當年的操作手冊，遙距修理着航海家一號，每發出一個簡單指令，都要在地球等待一天；每接收一個簡單的確認訊息，同樣要等一天。

說着說着，已在小賣部，每人拿着一袋燒賣，談着談着。珀琪的國語有點蹩腳，說着這個故事時，做了許多手勢，別人都向我們看過來，只要自己不尷尬，尷尬的就是別人。

珀琪怕她不明白，回到課室找來紙和筆，畫出一艘太空探測船和一些星體。今天想來，已沒可能記清楚她的原話。這大約是她的意思——沒人會猜到，那些不知名的星球，會有多大的引力。只要繼續走下去，執行維修員的指令，不管時間多長，一定找到意義和價值。

凌宇點頭微笑，用她家鄉才有的熱情，和我們擁抱，一抱就碰到她的尷尬位置。

想着，珀琪和我在那段日子只談着籃球話題，宇宙的事，是我第二次聽到的。

我望她，她望我，想着同一個人。

沒想到當日戴着鴨舌帽的男生，平日在上學路途分享的宇宙事務，會成為安慰凌宇的藥引。後來，她在一次訓練被尚志拉着，說要練習國語，他又把故事說了一遍。

我們的球隊還有幾位不太活躍的後備球員，進入複賽後，凌宇越打越起勁，她們出場的機會就更小了。

第二場複賽，凌宇打法更靈活了，我們每個在球場上的人，都被她的動態吸引着，尤其第四節最後一分鐘，她先於二晴搶到籃板球，竟然沒有傳送給我來控球，自行推進。她的速度不高，卻無人敢靠近，知道若真的追趕過去，定會被她碰跌。

她以最標準的步法上籃，手腕一轉，籃球在半空高速自轉，浮在籃板前的這個星球，引力牽着凌宇的手；凌宇的手，引力牽着我們的眼睛。

珀琪在場邊，我望她，她望尚志，尚志望我，我望尚志，再向凌宇看過去，視線在那空間畫出一個四邊形。

她微笑一下，尚志微笑一下，珀琪微笑一下。

至於我，我已忘記當時自己到底是什麼表情，只記得凌宇回防時 give me five，用她還未練成的粵語、很三哥地説了一聲「多謝你哋」。

11.2 跨越

二晴和日彤每天都一起上學。

他們在深圳住海邊豪宅,過關來港上學時間不算長,只是放學的交通總是擠塞,每周一練讓她們有點困擾,但又希望能在球隊有所發揮,日後在球隊有了成績,升讀更好的學校。

複賽如常在星期六早上舉行,她們如常清晨上車、過關、上車,花兩小時才來到。球賽快要開始,我們在更衣室裝備好了,就去準備列隊。

她們狀態如常,接球傳球投球,日彤輪替珀琪,我控球傳送,二晴無球走動,川嵐一直進攻。籃球來到凌宇的手,有時後傳,有時撥傳,幾乎是想要什麼,就有什麼。

我已忘記二晴和日彤幾時跟我們說過,她們明年已有打算,希望回到深圳念書,回去準備升讀高中,畢竟高考和籃球國家隊才是她們的最高目標,而她們的目標,偏又與自己父母心目中的有所不同。

伊蕾沒有太多意見,她只分享了她在港隊的年代,有幾多隊友先在內地念完書才來香港。二人聽後又好像有點猶豫,畢竟留在香港入選代表隊的機會,比留在內地等入選的機會大得太多。

她們看來沒有學習粵語的必要，我們溝通也沒有大問題，只要把這些處境放到宇宙，回望地球，自會明白我們只是碰巧在某個時間點遇見，一起在同一地方生活，中間沒有承諾，各有理想更好。

第二場複賽，這場比賽的對手，也是同區另一組別的首名，這間中小學的中學部，曾與我們打友誼賽。沒錯，那是劉什麼的球隊。同一時間，劉什麼與某校的比賽，在另一場館舉行初賽。在我們跳球時，他們的初賽應該已到了第三節。

凌宇跳球一拍，球就到了二晴手上。我繞到二晴附近，接到了球，就策劃第一輪攻勢。時至第一節最後兩分鐘，伊蕾換出珀琪，調入日彤。二晴摘了籃板，本來想交給我，她看看日彤已跑到中圈，試着用力擲出，籃球剛好越過日彤的頭頂，球一着地，竟回彈到日彤面前，是個回力球。日彤兩個身位以外，有兩人已回防，打算守住她，不讓她立即上籃。日彤沒等我們來到，接球即投，三分得手。

這支曾與我們打友誼賽的球隊，比起有劉什麼帶隊的那一隊，明明是同一支球隊，竟然無法守住我們。到底是因為劉什麼缺席讓她們不習慣，還是我們比起四個月之前更強大，似難找出原因。

第三節，她們派出比我高大但又夠靈活的球員，來到我們後場，由我運球開始，她就善用球例的灰色地帶，貼身緊逼着，不斷用防守姿勢來靠向我要前進的位置。起初，我幾乎用盡八

秒才到前場。

我的動作被她看穿了。

劉什麼教過我的，我都照做的話，對手也一定知道我將要做什麼。是這樣嗎？如果我是劉什麼，一定把我所有的事情告訴她們。

這就是伊蕾說過的。

這麼說，他在球場看我，並不是在看我，而是在記錄我的動作，回校向他的隊員說明。

這麼說，他在校門外等我，並不是在等我，而是要我告訴他，我們球隊的細節。

這就是真相，對嗎？

想着想着，我手裏的籃球竟被她抄走了！我想追回它，她的身影已越過我的肩。我看着跟我一樣穿五號的、球衣背面寫上「姚思惠」的球員，衝到我們的後場，我恍惚着，追不了。

分數拉近了，現在她們只差四分。

11.3 位置

「控球後衛都不傳送了，去投三分了，還有什麼意義？」複賽第二場之前的一個晚上，我在 YouTube 推薦的一段清談節目短片裏，看到幾名前球星在討論 NBA 小球陣容的好處和壞處：為把進攻力集中在射手身上，甚至調走中鋒，以進攻速度佔先，放棄身高優勢。

那場討論沒有結論，我帶着他們的意見，漸漸入夢。

來到新的一天，我想起自己投過的三分球，到底有沒有他們口中的「顧及形勢」。

我在街場為抹去某段記憶而開始打籃球。

當下室內運動場的回聲怪異地響着，提示着我，我不再只會在街場跟陌生人打籃球。

當下的我，要顧及隊友走向和對手防線，同時要察看教練指示，然後向隊友發出指令。

伊蕾看到我失了一球，向我打手勢，提示如再失誤就要換出。

後來，我才明白她同時評價了我在第二場的表現，連帶說明後果：第三場不能上陣。

那一刻，我還沒來得及思考，五號姚思惠又來了，還多來一人協力夾擊？

原來那人是剛在底線發球給我的川嵐！

她竟然搶了我的球！姚思惠看得呆了，我就開跑。

我們再對望時，她看了看相差六分的分牌，然後憤怒地看着我。

她們的臨時教練叫了暫停，我瞄了她們一眼，看到她們垂着頭，臨時教練在訓話時説的，不知道她們聽不聽見。

我猜想她們正在祈求劉什麼可以突然出現，拯救她們。

如果他真的出現了，伊蕾應該會換走我吧。

眨眼來到第三節末段，比分還只差六分，我運球到前場，姚思惠仍舊緊盯着我。

凌宇壓得一個身位，對手快要支持不到，卻見凌宇舉着的、張開的手掌，收起三根指頭。

我裝作要傳送，姚思惠舉着手趕來封截，我後退一步，剛好踏出三分線來個快投。

球在空中轉動着，凌宇壓着對手，卡好了位置，準備搶籃板球。

分牌就這樣加了我全場第一個投籃所得的分數，以九分差距結束第三節。

這時，她們的真教練終於趕來了。

她們幾乎要跑到球場入口的玻璃門前，迎接她們的教練。跑到一半，被裁判員吹哨警告，她們才尷尬地退回球員席間。

劉什麼向伊蕾鞠了半個躬，走到她們前面，又向臨時教練鞠一個躬，看看分牌，看看我，看看川嵐，才去問她們的記錄員。

11.4 改變

　　伊蕾召集我們，圍圈討論：「接下來，日彤休息，敏如和珀琪一同上陣。她們會針對你們二人，做全場緊盯，我要我們後場有四個人，留着凌宇在前場。二晴發球，川嵐運球，記得要心裏數八秒。我們就執行一次我們練過的，用這八秒，跟她們比試！」

　　第四節由我們發球，珀琪和我是控球後衛，就站在二晴面前，背對着她，站着不動，趕來守我們的兩個人，看見我們三人品字排列，又因隔着一個身位，干擾不到二晴發球，顯得有點不知所措。

　　川嵐繞着圈，要追她的二人想不出方法停止她。本來守住凌宇的，都離開中圈，想去阻止川嵐的去路，但見她又回到底線，這種無球跑動，我們倒是見慣了。

　　二晴擲向川嵐要跑到的位置，川嵐怪笑似的咬着牙齒，像在為這個場面而笑，珀琪和我則忍住笑。站在中圈的凌宇，出現了前所未見的空檔。接到籃球的川嵐，撥傳給凌宇。前場就只有羽毛球場、手球場等界線阻擋凌宇的去路。

　　去年屬全港十六強之列，在第四節面對一隊從未打過複賽的隊伍，竟落後十一分。伊蕾為我們設計的奇招，毀掉了剛有

救星來臨的強隊。

她們的全場緊盯失效了，雙控衛的走動太怪異了。不管她們怎樣追分，接下來川嵐還是在進攻時得手。失手的話，由凌宇和二晴補中。

她們從第四節一開始的興高采烈，到比賽末段的垂頭喪氣，今日回憶這場賽事，不禁想着：假如劉什麼一開始就來主持大局，能不能改寫這個結果呢？他能打贏自己的老師嗎？他能理解自己教出來的女生，由他自己老師指導過，會是個什麼關係？

我的各種技巧來自一個男生，那個男生的技巧來自一個女生。這樣加起來，我學會的一切，又算是男生的還是女生的？後來，我在許多舊時代老球員的 YouTube 短片，在同一短片表示時間軸的橫線上，反覆觀察他們運球、切入和投球的動作，每個刻度都有他們的小習慣。我從他們身上學會的，又算是什麼？

我們這一支代表學校出賽的球隊，除了代表了學校，還代表了什麼？現在回憶那年中一仍很糊塗的日子，原來還有許多事情，今天仍未想得通透。

預告：精英

　　我們的名字，距離「精英」有多遠？只有幾個月的時間，我們走到這裏來。我們的校名，對於精英賽的主辦者來說，是陌生的。

　　伊蕾帶我們走進一個運動品牌的標誌裏，連球衣也重新訂做。

　　我們抬頭看，看台比起社區室內運動場盛大得多。我看到媽媽和三哥，也看到同班同學，大會派發了打氣棒給他們，活像動漫情節那些場邊角色，喊着「加油加油」，叫着「防守防守」，沒有校園照來的夕陽，只有射燈高照的刺眼感。

　　在這個暫別劉什麼的世界，又有一場比賽要舉行了。

　　我跟對手打了個招呼──

　　「我叫敏如。」

後記

以非真實的女籃成長故事 重啟寫作之旅　　　　　袁兆昌

（1）

《快攻女籃》系列，共有六本。第一集模擬紀錄片形式，由主角敏如以第一身角度，回顧自己的籃球之路。

擱筆多年，再執筆寫類似《超凡學生》、《拋棄熊》系列的小說，竟在十年前在關夢南先生主編的《香港中學生文藝月刊》連載，每期千字，大約三期，是我半途而廢。

2024年初，明報教育出版「聰明館」邀稿，我曾提出可重編《超凡學生》，他們表明希望有新稿。想到坊間未見專寫女子籃球的成長小說，同時 Netflix 又有大量體育運動的紀錄片，形式新穎，甚有參考價值，不妨一試。一試，就是幾萬字的開首：「一米五的突圍」。

（2）

今日香港女子籃球運動，尤其學界比賽，不像昔日我在屋邨長大的那個時代。當年耳聞目睹不少學校代表隊只能湊數而成，女子運動還是排球最興盛。今日校際籃球也不獨是傳統名校專美的運動了，來自各社區忽然冒起的球隊，越來越精彩。

碰巧近年與一眾文友不定期約賽，維持着對籃球的熱度。某天，我請小說作家、浸大前籃球員殷培基老師牽線，請蕭永豪教練幫忙推薦兩名港隊成員：雷淑怡、黃靖淅，借用嶺南鍾榮光博士紀念中學場地，讓我見識兩位港隊女將籃球生涯怎樣啟始，近距離觀看今日港隊球技。

讀到這裏，或會以為我會把她們的故事融入其中。她們的專訪和故事，自會另稿書寫，恕我頑固：如要從真人真事提煉題材，應在「報告文學」裏發揮了。我在寫這部小說時，有幸與港隊真人對話，例如知悉她們對男女子運動的看法、觀摩球技的途徑……竟與我想像的情景吻合。

感謝雷淑怡的分享，她打的位置，巧合地與敏如相同。感謝黃靖淅的分享，她以 Kobe 為偶像，打法也有學習，例如後仰投球，和我想像的川嵐又有相近。她們的無私分享，使我更有信心塑造一名與別不同的、與誰的身世都不一樣的角色。

（3）

兩年前，我回到報館為市場部推廣教育服務，經常到校主持各式課程，大至教師培訓、專題講座、AR 體驗活動，小至到校照顧攤位遊戲，逗留在學校的時間長了，發現竟有不少女生會在課餘打籃球。這是我的年代不會發生的事。

由運動品牌支持的精英賽，每年都提供網上直播服務，我全都有看，尤其女子籃球，她們打出男籃所無的剛柔並濟，打出只有由女生表達才更迷人的爭勝決心，也見識傳統名校體能和戰術的出色示範。

有一次，我在深井天主教小學替報館做校訪，碰巧看到男女子校隊訓練，他們所用的工具，已經那麼先進，也發現女生的跳躍力，可以那麼驚人。近日又到寶血會思源學校工作，看到學校添置不少籃球架。來到協恩中學主持活動，也為徵文比賽頒獎，碰巧路過球場，就見籃球隊在練習。與老師談到球隊訓練頻率與強度，算是近距離見識傳統勁旅的風範。

我希望接下來的創作，可多接觸不同學校的真實情況，促成更多合作可能，甚至可做系列訪問，好趁未來球星尚未完全成長的時間，記錄大家的籃球生涯。

(4)

有人說，愛閱讀的學生大多不愛運動，愛運動的學生大多不愛閱讀。我算是個異類。早在初中時代已愛打籃球，那時身高只有一米四四。在中三至中四的那個暑假，我在屋邨球場自行訓練，還每天去游泳池游滿五十個堂，未升中四已飆至一米六。中四那年，我加入校隊，已長到一米七三的我，主要打一號位，有時會客串打四號位，而我又真的能摘籃板、壓迫五號位。

有一場初賽，在北區運動場外與大埔的恩主教書院對決，出場不久就傳送給全能射手，教練在場邊高聲說「這才是傳球」，我則覺得有點不好意思。後來，我客串四號位時，被對手搶走籃板，頭先着地。我帶着至今仍記得的那種暈眩感，回到後場，模糊間被換走。

在這許許多多的真實片段裏，我記住了比賽當天的一些細節，記住了當時沒能力記錄下來的氣氛。這次寫作，我決心要藉敏如的視角，把它們逐一記錄。

但，要注意的是，在《快攻女籃》世界裏的賽季，規則都根據新近的國際賽規，與真實的賽季略有不同。必須說明的是，故事裏有個裁判員疑有執法不公，純屬想像。如需對號入座，請參考 NBA，Netflix 曾有一齣紀錄片，談到當年 NBA 某裁判員的行徑。真實與虛構，在文學世界裏也許不必細分，但我不

知道翻到這裏的你，會不會以為小說寫的都是真事。自知這是多此一舉，也得留個強烈提示。

（5）

想說感謝。感謝妻子給我的愛情生活，感謝因愛情生活而誕生的若竹、艾可，給我一個完美人生。感謝家人的支持。老了，肥了，身份越來越複雜了，始終有愛我的人、我愛的人在旁。

感謝為此書衝刺的大編輯 CC，感謝聰明館社長、香港作家畢名支持，找來著名漫畫家余遠鍠，為小說創作了充滿動感的封面！在 AI 時代，仍為這部小說保存神級的手繪漫畫感覺。

感謝報館給我發揮空間的老闆們。

感謝香港文學生活館，感謝原創文化工作室，感謝相熟的老師們，包括慈幼葉漢千禧小學譚潔慧老師，自從參與我導賞的作家足跡活動後，經常支持我主理的活動。感謝大家還記得我有「作者」這身份，偶爾到校演講，分享近作，也分享近年研讀蕭紅的一些成果。

感謝《點讀》信任，感謝記者支持，早在出書前已訪問我，讓我暢談 AI gen 圖怎樣幫助我寫作。

這部小說，有時在家寫，有時在上下班的巴士車程寫，有時在咖啡店寫。期望這個系列，終有一天讓我回到「香港作家」行列，長寫長有。

2024.6.20 下班的車程上

香港作家巡禮系列

快攻女籃① 一米五之突圍

作　　者：袁兆昌
繪　　者：余遠鍠
主　　編：譚麗施
書籍設計：符津龍
系列設計：張曉峰

總經理兼
出版總監：劉志恒

行銷企劃：王朗耀　葉美如
出　　版：明報教育出版有限公司
　　　　　香港柴灣嘉業街 18 號明報工業中心 A 座 15 樓
　　　　　電話：(852) 2515 5600　　傳真：(852) 2595 1115
　　　　　電郵：cs@mpep.com.hk
　　　　　網址：http://www.mpep.com.hk
發　　行：香港聯合書刊物流有限公司
　　　　　香港新界大埔汀麗路 36 號中華商務印刷大廈 3 樓
印　　刷：創藝印刷有限公司
　　　　　香港柴灣利眾街 42 號長匯工業大廈 9 樓

初版一刷：2024 年 7 月
定　　價：港幣 88 元｜新台幣 395 元
國際書號：ISBN 978-988-8796-69-4

補購方式

網上商店

- 可選擇支票付款、銀行轉帳、PayPal 或支付寶付款
- 可選擇郵遞或順豐速遞收件

電話購買

- 先以電話訂購，再以銀行轉帳或支票付款
- 訂購電話：2515 5600
- 可選擇郵遞或順豐速遞收件

mpepmall.com

讀者回饋

感謝你對明報教育出版的支持，為了讓我們能更貼近讀者的需求，
誠邀你將寶貴的意見和看法與我們分享，請到右面的網頁填寫讀
者回饋卡。完成後將有機會獲贈精美禮物。數量有限，送完即止。

https://www.mpep.com.hk/hkwriters